# 女教授／教獸隨手記

## 江文瑜詩集

江文瑜 著 · 邱若龍 插畫

新世紀美學 出版

鉤吻時嘴裡的唾液
源源從清澈的溪流裡散開
我們彼此鉤住對方
永遠無法分開似地以吻相連

櫻花，盛開的時刻
那是你華美的肉身
我們共同擁有魚在水裡
被天生賦予的歡愉

**自序**

# 那存在於陽光與月暈下的，女教授的浪漫與夢想

**江文瑜**

從結束美國的博士班課程那年回到台灣任教，「教授」這個身份一直跟隨著我至今，算一算，幾乎生命的一半時間和教授的職業密切連結，形成生命中的主要風景，像是大樹矗立在那裡與天地融合，像是河流穿越我身體的血脈。

雖然年輕時對教授的外表存有刻板印象，但對教授這個行業卻一直存有崇高的敬意與渴望，這個觀念一方面受到身份是教授的父親之影響，一方面我從自己的經驗深信教授是個神聖職業，一句話或一個關鍵想法，足以改變一個學生的一生。

而要極致化教授的職業，除了自己要不斷充實各方的知識外，在觀念上也必須突破窠臼，朝心中圓滿的「神聖職業」奮進與付出心力，因此我總想著如何在大學教育中加入浪漫與熱情的元素與實際行動，來強化師生互動的能量。例如，把教室移到電影院。曾經我包下東南亞戲院的一個放映廳，將近 100 名修我大一英文的大學生共同聚集，欣賞電影《為愛朗讀》。當時，東南亞戲院的負責人在電話中告訴我，這是台大老師第一次包下他們的放映廳。大家一看完電影，我當場發期中考題，上面寫著關於電影中那些朗讀過的文學作品和關於電影與文學互動的考題，學生回家以後，不但要了解電影裡二次大戰德國歷史，還要去讀電影裡面提到的短篇小說，但學生似乎異常興奮，在我設定的截止日，交出了厚厚的報告，這是他們對期中考題的

熱情回應，證明當浪漫不只限於教室，學生會以閃亮的行動向老師回饋他們的喜悅。

「詩、美、浪漫、和愛，這是我們活著的意義所在」，Robin Williams 的聲音多少次在課堂迴盪，那是我與大學部同學共同研讀《春風化雨》裡的經典英文台詞的時刻。在「中英詩賞析」或「經典詩的語言賞析」課上，無數的感動時光也流淌著，閃爍在學生的眼眸裡。例如請學生走出教室，在台大校園捕捉他們從未看過的花草樹木或景致，然後寫三行相關的俳句帶回課堂，當學生的字跡寫滿整個黑板，我會挑選幾首，當場稍微修改作品中的用字，試著讓詩意亮點迅速浮出。有時，詩般的朗誦會猶如音樂漂流，穿過大家的耳朵，例如某位學生說他在家模仿 Martin Luther King 的 "I have a dream" 演講台詞超過五十次，而後課堂上完美表演金恩博士的演說，讓人猶如親臨現場，聽到那低沈渾厚的種族宣言。

還有無數的期中期末報告，學生選擇以戲劇方式展演詩作，或拍成微電影，他們作品裡面的創意與天分，當下震撼了課堂的老師與同學。

而當理性的氛圍瀰漫在研究所的語言學教室與教材的時刻，當學生必須面對一頁一頁英文寫的艱深論文的時刻，我還是在極

# ❙自序

度科學的「聲韻學」課上，請學生去聽聽鯨魚的歌聲，思考與人類的聲音的差異。那些青春的學生還找到浪漫的論文說有些種類的鯨魚還會喜新厭舊，引進別的種類鯨魚更動聽的流行歌。為了學習母音與子音的理論，我請學生每人去學一首不會唱的異國歌曲，從裡面理解該語言聲音的結構，成果報告時，學生的喉嚨吐出悠揚的歌聲，教室猶如成了歌曲競賽場地。

一堂一堂的課，留在我的記憶深處，時光從我指縫的間隙流過，每堂課都是當下與學生共同奮力演出一場最佳的戲劇，這些戲劇在生命的流光中串連交織，而後轉化成豐富文學創作的養分。

早在一九九九年，我就想到應該把我的職業經驗寫進詩裡，「女教授／教獸隨手記」的書名進入我的腦海，第一首詩〈意外事故〉拉開了系列詩的帘幕，而後陸續於不同的生命階段，添加詩想，中間因升等與行政職務停筆數年，二零一六更密集書寫，以時間橫跨十八年的時間，完成了這一本需要時間長期累積的作品。

從零星的單個詩篇，到數量越來越累積後，《女教授／教獸隨手記》逐漸形成三部曲的形式與內容，教育現場和師生對話、女性生命史、與夢的國度彼此呼應交織，也成為台灣第一本以女教授的角色融入詩內容而串連成龐大組詩的詩集。

首部曲〈女教授 / 教授學園〉，詩中的女教授一分為二，女教授扮演積極的角色如傳道授業解惑加娛樂學生，而女教獸帶領學生在曠野中發出自由奔放的吼叫，反思並解放體制內的教條與僵化，自在地追求創新與創造。獸者，奇珍異獸也，擁有奇特、奇妙、珍貴、特異的功夫與本領，因此教授的諧音分身教獸也期許「她」能扮演獨特的角色，帶領學生謳歌愛情、青春、知識與生命，同時共同完成課堂的挑戰、創造與驚奇。首部曲組詩的單首詩中，經常以「戲劇獨白」(dramatic monologue)與想像中的學生對話與互動，試圖營造整個首部曲呈現強烈的戲劇效果，猶如詩劇的演出。

二部曲〈女教授 / 教獸行腳〉，以詩譜寫女教授 / 教獸生命中重要的軌跡與片段，涵蓋生命初體驗裡的各種第一首詩、巨災的省思、社會運動參與、歷史流光的交會、繪畫童心的激盪、辦公室與書桌的吉光片羽與回歸童心的想望。這部曲以詩串起女教授 / 教獸的生命史，試圖營造以詩寫史的格局，而這裡的生命史不僅涵蓋外在事務，更包含心靈世界與文學創造的集結，在深度與廣度上希望能繪出女教授 / 教獸的多層風貌。

三部曲〈白日夢到達的彼方〉，女教授 / 教獸飛越到夢的國度，那裡有大翅鯨情歌、各式島嶼、京都憶想 / 異想、玫瑰，最後與鄧雨賢的歌曲在森林裡相逢，音樂精靈飛越台灣的山川與大海，

## ❙自序

激盪出音樂與詩的時空對話。這部曲在前兩部曲的戲劇效果和以詩寫史之外，將氛圍推至浪漫與夢的世界，因而創造了女教授/教獸在現實與夢幻的交互中，瑰麗的浪漫和音樂的綿延想像。

本詩集能順利完成，首先要感謝我親愛的家人，他們是我生命中永遠的支柱與歡樂來源，因為有他們才可能有這本詩集的誕生。我要特別感謝台灣大學語言學研究所的創辦者黃宣範教授，在我整個台大的生涯中對我的提攜與照顧。非常感謝生命中不同階段出現的貴人、朋友、同事與學生，感謝他們的扶持與愛護，特別是何沛騏老師、許淑屏老師、江妙瑩董事、許世賢老師、Irene Vogel教授、畫家翁倩玉、林義雄老師、柯慶明教授、陳武雄（陳填）教授、林瑞端老師、梁啟音老師、游淑芬（噶瑪施無畏）師父、林士弘醫師、畫家陳正忠、李喬老師、史英教授、李魁賢老師、李敏勇老師、李筱峰教授、謝志偉教授、蕭蕭老師、吳晟老師、吳成三老師、向陽教授、林少英老師、向明老師、白靈教授、李元貞教授、李癸雲教授、江自得醫師、鄭烱明醫師、曾貴海醫師、彭瑞金教授、林水福教授、黃美娥教授、鄭清文老師、蘇紹連老師、林真美老師、林于弘教授、唐捐教授、黃梵教授、邱貴芬教授、林建隆教授、黃明川導演、黃正德教授與師母、陳弱水教授、周婉窈教授、徐富昌教授、趙舜文教授、廖振富教授、林瑞明教授、林仁傑教授、沈金源老師、呂佳蓉教授、蘇以文教授、馮怡蓁教授、謝舒凱教授、張顯達教授、李佳霖教授、李隆獻教授、洪淑苓教授、長谷川存古教授、山梨正明教授、今井むつみ教授、林宅男與林禮子教授夫婦、堀江薫教授、片岡邦好教授、將基面貴巳教授、三木直大教授、歐瑪麗老師、麥樹根先生、廖慧涓女士、詩人張芳慈、詩人蕓朵、詩人曾淑美、詩人林立婕、馮喬蘭執行長、陳璐茜老師、畫家許桂綾、畫家鄭自才、劉美蓮老師、詩人林群盛、詩人陳胤、作家吳孟樵、魏淑貞總編輯、黃中宇先生、編輯汪軍伻、葉麗晴發行人、陳學祈先生、編輯洪尚鈴、編輯楊瑛瑛、華姵長笛演奏音樂家、陳藹玲執行長、林惠美老師、宋澤萊老師、作家林金郎、插畫家蕭乃菁、阮愛惠女士黃豔民老師、林盈妤博士、謝芷霖博士、郭獻尹老師、許逸如同學、黃文怡同學與齋藤隼人同學。也要對漫畫家邱若龍表達誠摯謝意，感謝他精心繪製的插畫搭配詩中的部分詩作，讓整本詩集呈現最佳的視覺效果。最後，也是非常重要的，要感謝新世紀美學出版社總編輯許世賢老師在整個出版過程的幫忙與費心設計封面和版面，他對詩的熱愛與對詩集能成為珍藏品的藝術堅持，讓我喜悅地看到台灣詩集出版的美好未來。

彎下腰來

把情書丟到池塘

魚也要一起閱讀文字

感受陸地世界的輕重

魚說：廊下有凝望妳的男孩

躍入水中吧

擁抱彼此眼裡

難以捉摸的雙魚

# 目次

# 女教授／教獸隨手記
## 江文瑜詩集

## 曠野教獸諮商室：從戀慾／煉獄回來時





## 曠野教獸諮商室：復育愛情



## 那些年，那些歡樂教室



## 野獸動物學園

# 目次

# 女教授／教獸隨手記

## 江文瑜詩集

## 921 大地震兩週年詩想



## 畫筆藏著星光，海王式地，明滅



## 書房・偷到的私語

# 目次 女教授／教獸隨手記 江文瑜詩集

# ■首部曲：女教授／教獸學園

## 教授，答案可以用鉛筆寫嗎？

當然，怕什麼？
怕老師狂怒，因為文字是灰色？

你的人生從不會記得哪一堂課得幾分
但，你會記住兒童時期的鉛筆
在大學仍向你招手

如果你膽敢，請用紅筆——我鼓勵，
因為從未有這樣的孩子，用紅色將文字灑上血液
那樣感到痛， 快！捕攫那樣的竊喜
為著不再在乎教授感覺的叛逆，用紅筆
請，請，不要猶豫
（但，我知道你沒舉起紅筆，因為從未發生過）

要是你敢挑釁，來，用有色鋼筆
當不滿過於平凡的考題，用綠墨水拒絕陳腐
老天知道你的澆灌會培育創新的芽種
當自覺文字流於濫調
紫色的線條，或許，可以轉移教授的視線
原來，行間還有隱藏的花朵

如果，你膽敢嘲弄歲月
請無懼揮灑黃色，那將是一片月光般的迷濛
讓教授赫然驚覺，老花眼已經悄然爬上臉龐

「被提醒的光陰，一定激起教授將憤怒掃向
畏縮的成績數字上」，你既想嘗試
又退卻，月影從你的眼角穿過

或是，你早就準備好——毛筆
也記得硯台墨水與磨墨柱的黑色世界
隨時可以宣戰
寫上大字「不答」或畫潑墨
你的膽識將令人讚嘆

但你不停憂心：
色澤暈開的速度太慢內容無法飽滿
其他同學快筆提供知識的驕傲
那支毛筆的優雅抵不過
一切的速成
而，假如你的字不符合毛筆的工法
黑色的沈重將取代黑色幽默
（於是，我知道你的毛筆盒從未打開過）

甚至換成蠟筆與辣筆、唇筆與蠢筆，
考卷攤開就是一張教授的臉
你的文字線條開始滑動在眼角紋路
誰說魚尾只朝上或朝下？
誰說抬頭紋只長在額頭？
你試圖說服自己：
「教授不應看起來只有蒼老與教條」
去，努力抖動你的眉筆

假如，這些行動還不夠，
何妨，借一支一生不曾用過的，雷射光筆
在考卷答案紙上狂飆
一切只有留白

## 曠野教獸諮商室：代寫情書

（前呼：同學們！隨需要取用適合你們的情詩）

### 一。致曠野愛情

#### 1。見到你的剎那

黃金容顏 / 熔岩爆炸
萬重 / 萬蟲甦醒
瓶頸 / 平井噴放流水
傷口遷徙 / 鉛洗
神話 / 神畫發芽
傷口混沌 / 魂鈍
柔軟靠近擁抱 / 湧爆
長短突破細膩 / 戲溺

未修飾的語言
不求回報　跳動的心
迴向你總是引發火山爆發、海哭，時爛
的容顏 / 融岩

#### 2. 給拉風的你

拉風的你走到哪裡
蜂都跟蹤
風是細碎的腳步
粉絲總在你

出現的時刻「哇」
集體吹出瘋

風也拉來聲音
成了鋒聲
傳聞你的種種秘密
包括三高：
高智慧、高慈悲、高人性
鋒聲去除負面的耳語
到處都是正面的訊息
你改寫了風聲

風也帶來語言
成了風言豐語
你回答問題迅速敏捷
從不逗留問號
你專注傾聽
引來更多想聽你聲音的人
你散發微笑
我們隨著你的口風
被安撫入神

請繼續拉風
我們會繼續追瘋
在每個呼吸間
品味你的蜂度
享受你的鋒格

紀錄你的丰彩
探測你的風味
跟蹤你拉出的火烽
跟隨我追求的顛瘋
跟著狂颾
跟風

## 二。陳腔，新作

詩句有限，請先允許陳腔
如我有限的肉體

你的那雙唇有多少蜜蜂想要採蜜？
那雙眼有多少船隻想要停泊？
鼻息吸引多少追逐芳香的風？
耳朵是兩片搖曳的芝蘭

詩句無限，始於排列組合
如我無限地端詳你的容顏

你的那雙唇有多少船隻想要停泊？
那雙眼吸引多少追逐芳香的風？
鼻息是兩片搖曳的芝蘭
耳朵有多少蜜蜂想要採蜜？

你的那雙唇吸引多少追逐芳香的風？
那雙眼是兩片搖曳的芝蘭

鼻息有多少蜜蜂想要採蜜？
耳朵有多少船隻想要停泊？

你的那雙唇是兩片搖曳的芝蘭
那雙眼有多少蜜蜂想要採蜜？
鼻息有多少船隻想要停泊？
耳朵吸引多少追逐芳香的風？

詩句飛舞，只要字與字相遇就可成歌
如我們每一次的重逢

搖曳的蜜蜂追逐芳香的風
鼻息的芝蘭想要採你耳朵的蜜
船隻的那雙唇是你的那雙眼
多少，多少，多少，的兩片
想要吸引停泊？

## 三。在野貓的一個哈欠中

在野貓的一個哈欠中
我已經閱讀完你容顏的畫冊
貓頭鷹的眼眸正與螢火蟲對話
彼此的光在夜裡深談
在月的眼睛見證下

在野貓的一個打盹中
我已經閱讀完你容顏的書頁

老鷹矗立在你鼻子的頂峰
俯瞰整座山林的壯麗與陡峭
用堅毅的爪子
向世人宣告這鼻翼
是他即將定居的家
用翅膀與爪建立企盼的花園

在野貓的一個喵聲中
我聆聽你容顏的交響樂
在盛夏的命運森林裡
蟬用準備一生的歌聲
完成求愛的儀式
柔美壯烈的協奏宣示
從你口中的樂譜傾洩

在野貓的一個哈欠中
我重回你容顏的邊境
探詢兩片耳朵裡的通道
引領我至你腦海的小徑
那裡藏著各種你從小收集的
各種奇珍　與　異獸
這些獸對我充滿好奇
紛紛發出邀約的鳴聲

這時，野貓向我眨眼
她已經完成充電的哈欠
一次完整的曠野愛的充電

## 四。曠野中只想，單純寫一個字

曠野中只想，單純寫一個字

在那之前
把明喻和隱喻的種子暫時埋入土壤
也許未來會盛開成一顆巨樹
上面長滿紅色的果實

把幽默和諷刺的落葉掃掉
裝入回收的垃圾桶
讓她們重回泥土
未來會提供詩的種子許多養料

從貴氣的花瓶裡
剪下誇飾的花朵，把她丟入
流動的小溪
妝點河流的色澤
最後與水草融合

再把心形的盆栽移走
那是代喻嗎？
用圖形代表這一個難以開口
卻最重要的字

曠野中只想，單純寫下愛
所有關於愛的修辭

無關此刻

## 五。愛寫入 X 光片中

Before

曾經虛弱的肺
吸不到足夠的空氣
皮膚過敏時刻捉弄
在深夜沈睡的夢

鎖緊的喉
迎接不到滋潤的水分
巨咳現身抗議
糾結的支氣管
無法像大樹擁抱陽光
發炎送來幽暗的眉角
乾涸的唇
早變成荒廢的枯井
無言向世界暗示大地趨向沈默

After

如今拿到 X 光片
醫師驚訝
上面的肺葉擴張嘴角
支氣管的枝幹向天地蔓延

清晰的嗓音
濕潤的唇瓣
告訴醫師我吸進了
大量愛的氧氣
泉水般湧入胸腔
從此，一切寫入 X 光片中
無所遁形
這裡有流動的溪流
清洗所有的塵濁

## 六。為你準備一把椅子

梵谷，說了類似這樣的話：
這世上沒留一把椅子給我坐

我，早已為你準備一把椅子
曠野中

可以不費力地休息
不費力地發洩脾氣
不費力地畫畫寫詩
不費力地穿衣脫衣
不費力地笑
不費力地吃飯睡覺
不費力地嘔吐
不費力地哭
不費力地唱歌跳舞

不費力地做
不費力地做愛

不費力地愛做
不費力地愛

不費力地做
不費力地愛

## 七。在海王星旅行時

**同步直播，遠方的曠野星球：**

這裡丟棄許多地球的愛情小說
因為讀完後只能捶胸
這裡丟棄許多詩朗誦完後的紙碎片
因為詩中的愛人早已離去
這裡丟棄許多模特兒的畫作

因為她們的眼眶裡沾著淚水
這裡丟棄許多音樂的CD
因為裡面的歌詞與旋律
唱的是久遠前那個青春的自己

**這裡有許多環遊太陽行星系的遊客**
**來到最後一站**
**想帶點什麼回到地球**
**告訴人類這顆曠野星球的真相**
**依舊相信這個星球可以**
**滌淨過去的塵垢**

**必須帶什麼紀念品**
**才能證明旅客所見？**

**買張特製的曠野音樂CD：**
地球遺失的
文學與藝術裡的愛情
全部被搬到海王星
夢難以清醒
無數的手帕代替今夜的星星
堆積的詩句與圖型
會讓手帕沾上淚水到天明
變成最好的紀念品

**每個角落同步放送副歌：**
一定帶回整個曠野的淚痕

見證海王星經歷的繽紛
地球已經失落那種愛的心焚

## 八。 在愛中，自我感覺良好？

擁抱曠野那棵堅實的樟樹
樹皮紀錄無數暗夜思念雕刻的深溝
等待在松樹前，毬果紛紛落下
該接住哪一朵，屬於你丟下的繡球？

對貓頭鷹訴說千百次
夜晚發亮的松針是守候的信號
是否我眼眸裡最閃亮的火金菇
經常燃燒你暈眩顫動的睫毛，火勢難撲？

時刻畫滿圓形的雨點
激動的時刻，淚水是盛開的花朵
是否河流可以到達的彼方還會有支流
我體內的血脈侵蝕你身體的河岸？

每搭一次曠野火車的公里數
都要計算含有你影子的長度
是否每次書寫你的名字
總是讓那張信籤承受芮氏 8.0 的地震？

每寫一句自以為是曠野情詩裡的文句
在行間徘徊狂野度是否足夠

懷想你是否被沾著曠野空氣的文字
醺得不省　人間事？

## 九。以寫情詩的手顫抖的弧度，測量心的深度

想像自己——
　站在千樓的雲端
　俯瞰花園的一隻迷蝶
　　　單手倒掛千年靈樹
　　　　　凝視蟬聲的迴旋
　　　　　　駕船奔向千里外
　　　與原始島嶼上的獼猴對望
　　　　　穿越千里的喜馬拉雅山
　　　　　　　　　瞻仰一顆怪石

　　　　　　　　　　　高空彈跳
　　　　往浪頭奔騰的大海珊瑚礁
　　　　　　　　　背上滑翔翼
　　　成為一隻鳥瞰山川的老鷹
　　　划船溯溪從高處的瀑布
　快速墜落目睹櫻花鉤吻鮭
搭上熱氣球向月亮的軌道
　　　　　　手觸月見草

　在沒有燈光的街道
吹奏貝多芬的命運交響曲
　　　　　在絕對黑暗的森林裡

向曠野呼喊熊出沒

在極致的深海

聽綠蠵龜尾隨大翅鯨伏沉

在強烈地震來襲時

聞到奔馳雲豹的呼吸

這些都為了鍛鍊感官的弧弦——

在夢裡畫下你表情的各種線條

以木雕刻屬於你身體的曲線

用口琴譜出你經歷生命的軌跡

以探戈向你的深溝勾出兩人的未來

更為了寫情詩的手

顫抖的弧度

測量

心

的

深

度

## 十。凝視太陽送來的暗號

暗夜等待白晝

暗自呼喚胸口發芽的企盼

暗暗驚覺腦中燃燒的火苗

閃光中窺見暗中的重逢

暗自推倒某個斑駁的牆

黑暗中撫觸夢裡的形影
暗巷在前方消逝
愛的暗示無限醞釀

走出暗室　催促探詢彼此的幽暗
記憶裡依舊蕩漾的生命暗語

在完全黑暗的下弦月曠野裡
拋開自己暗沉的音色

丟棄一首黯然的歌
讓灼熱的日融化黑

記憶在眼眸裡流出
凝視心中所有的　被光滲入的暗

暗擁抱音
音站著立

聽，太陽擕來——勇敢站立 / 顫慄
的壯闊聲音，從四面與八方湧來
全然純粹的　愛的暗號——
暗字裡，有兩個燦爛的太陽

## 十一。一個入世 / 入室的吻？

你的唇——可否

尚未啟航
就已經離開港灣？

尚未沾上任何雲彩
就已經被雷電包圍？

尚未被蜜蜂採蜜
就已經被莽蛇纏繞？

尚未寫上歌詞
就已經譜出旋律？

尚未在鐵軌漫步
就已經搭上火車？

尚未握緊畫筆
就已經噴上水彩？

尚未被寫入神話
就已經被收入奇幻文學？

尚未拿起筷子
就已經沾上湯汁？

未目睹櫻花的粉紅
就已經圍繞在赤紅的楓葉旁？

尚未品嚐茉莉的淡香
就已經吸入玫瑰的濃郁？

尚未許願
就已經進入那一片曠野？

我的唇，可否
提早與你進入
一個最激烈的入世 / 入室之吻？

## 十二。在曠野的愛裡，樂活熱線

每當 deadline 這個字悄然出現
你的牽引　我穿越那條線

從你眼眶中　找到可以休憩的原野
在小睡眨眼的當下　夢裡流淌啟示：
對教獸設下的 deadline
輕鬆跨越

削鉛筆機滑出　銳利鉛筆的靈魂
原子筆的水仙子頑皮舞動
鋼筆雕刻文字神韻的線條
作業紙化身大地的畫板
用大自然的雲寫出答案

從你的呼吸　收到一陣溫暖的微風
心慌的時刻　安撫胸口的不規則心跳
瞬間體悟風的訊息：
對教獸設下的 deadline
熱切超越

凝視慧黠調皮的演算精靈
歌詠腦內的創造謬思
追隨快要滿出邊緣的　思緒靈光
要圓滿這張黃金考卷
用大自然的風啟動靈感

從你的嘴唇　吸吮到滋潤的清泉
智性的烈陽不再灼熱
流水捎來感性的提點：
對教獸設下的 deadline
欣然穿越

在晴空下思考　推理與理論的幼苗
澆灌　從喉嚨發出的聲音枝芽
讓樹搖晃震盪　內心的創作想望
與老鷹的翅膀在雲端　俯瞰想像的衝浪板
說聲感謝教授
而後奔向你柔軟的雙臂草原
鑽進你夢裡的曠野
撒野與自在　大聲吶喊：
飛越大大小小的
dead--line ——
死亡線

在曠野的愛裡　繼續握著那條樂活的
與你之間的溝通熱線
alive-line

** 英文的 deadline, 意為「截止時間」，字面意義可拆解為「死亡線」。

## 曠野教獸諮商室：如果愛情是猛獸
（前呼：同學們！摩擦你們的膽子！）

1。

必須貼身靠近

才知道猛／萌獸是否

對你危／微笑

2。

猛獸的一次媚／魅眼

勝過其他溫／瘟馴動物

千百次的勾引

3。

蜢獸的爪子

極其輕盈　在夜裡無聲

穿過夢森林的

每一片金黃的葉子

4。

甍獸溫柔的時刻

會真情演出

森林中所有動物

的拿手戲

5。

Beast 獸的狂吼

讓你短暫失聰
多聽幾次後
你的耳朵 (B)
可以抵禦
天地之間的鼓 / 蠱聲

6。
與猛獸對峙
互相凝 / 獰視
看誰先被嚇到
最後彼此被逗笑地
裝個鬼 / 詭臉

7。
與萌獸一直對峙
薄霧突然來襲
蓋住牠整個面容

看起來不像敵人
像從浴室走出的
裸露美女

8。
薄霧從矇 Beast/ 蒙蔽的眼睛噴出
吹向每個人的五官
來不及掃掉霧氣
眼前已積成濃霧

9。

夢獸的眼睛裡

倒映了整團的玫瑰

請衝到眼眸裡

找出最刺 ... 最刺眼的那朵

10。

濛獸抬頭仰望天空

看到烏 / 污雲

陪牠站在原地

準備欣賞即將到來的暴風雨

11。

矇獸打呵欠了

趁牠流眼油時

偷偷溜進牠的瞳孔

從此牠每拋出一個眼神

就有你的影子

12。

懵 Beast 累 / 淚的時候

你再如何靠近

牠只有鼾聲 / 憾生

和夢中與你對望的身 / 深影

13。

在唇上塗上潤滑油

舔舐嘴角　伸出嘴唇

對著懵 / 錳獸大吼：狂吻 / 刎我！

14。

錳獸從 Windows 跳出

爪子抓破你的臉龐

在你大聲哀嚎的時刻

臉上留下的各種疤痕

突然閃閃發亮

15。

如果被 BEAST 咬了一口

先不要擦優點

也不必灑鹽

16。

被冷獸打得

鼻子歪了　眼睛脫窗

要像小丑一樣

輕鬆用手把歪的　脫的

挪回原處

17。

錳獸的重量壓垮你的脊椎
擊潰你的身軀

在裁判倒數記時三秒時
從地上站起來
將牠彈出去

18。
猛獸在月夜下偷窺到
夜裡貓頭鷹陪你痛哭

貓頭鷹對猛獸狂吼：別讓我遇見
否則會讓你痛到腳 / 角軟

19。
虋獸發狂時
會褪去你所有的衣衫

只要記得穿回衣服就好
裸露時記得好好找出自己
遍布全身的多情痣

20。
被猛獸吞噬
支解的過程中
胃裡完美的消化
融為一體 / 液體

21。

猛獸經過的原野
總會留下一些
怪形怪狀
刻出的深溝
正好讓你躺下
多休息 / 修習

22。

專心凝視虻獸舞蹈
等待牠從你頭上
高難度劈腿

23。

豹不斷疑惑
為何自己的名字
總是被放在愛情檔案的
豹 / 抱歉裡

24。

猛獸流下淚水
為著世人誤以為的
牠經常偶發的恐怖外型
感到從脊椎深處
湧上的悲傷

更知道自己永遠無法

符合世人的要求
去整型

25。
與洪水齊名
猛獸並不開心
牠覺得自己厲害多了
所及的地方
沒有人可以倖免於災——難——

26。
狂風般失落
暴雨般痛哭
B 獸躍進的地方
帶來豐沛的雨水
B 走了乾害

27。
Beast 獸經常得意
被牠蹂躪過的人
經常變得更溫柔
牠自比是
送來瘟揉禮物的天使

28。
獸是一隻犬
張開口

流出垂涎的口水
坐在田 / 甜裡
平躺的一
又流出了口水

29。
鯨魚也想加入
能獸的行列
用最壯烈的歌聲
包圍整個即將乾枯的海洋
和即將爛掉的石頭

牠重複唱著：海不會枯
石頭也不會爛
能獸不會死亡

30。
你問：如果教獸與猛獸對峙
誰會贏？

教獸微笑：
當下，卸下心房 / 心防
彼此一鞠躬

## 曠野教獸諮商室：從戀慾／煉獄回來時
（前呼：同學們！休息一下！）

### 一。分幾隻手？

「分一隻手時，我的右手神經被割裂
分兩隻手時，我的左手血管流出鮮血」

我知道：「你的量詞沒用錯
次是隱喻
隻呈現身體如實的疼痛」

### 二。三不五時新解

不在你的他哭泣時
抓住時機擁抱他

不在他說不時
以為他說反語

不在他說再見後
還時時在夢裡拉住他的靈魂

### 三。從戀慾／煉獄的深淵回來

他們想讀一首情詩
用字沒有尖銳的諷刺刀鋒

黑色的幽默暗夜與升空的誇大氣球

他們想讀一首情詩
句子沒有沾上
骯髒字眼的抹布
上面黏滿批判的油垢與思想的塵埃

他們想讀一首情詩
意境浮在高處的雲端
從那裡遠遠看凡塵
隔著雲層飄渺迷濛

他們想讀一首情詩
念起來非常上口
重複敲打耳朵的那些聲音
舌頭掀起熟悉的波浪

他們說熱愛讀這樣的情詩
不涉人間煙火
不會燃燒大地
無法破壞心情
更不可能攪動
那已深埋的苦痛

我知道你剛從戀慾 / 煉獄的深淵回來
想痛快嘲笑他們的逃逸？

## 曠野教獸諮商室：朋友以上，戀人未滿？

（前呼：同學們，對朋友是否有這樣的困惑？）

某天，我們的身體還交纏一起數小時
隔天，你說我們作 F 友就好

某天，我們還共同欣賞 Robin Williams
Dead Poets Society 中最心動的台詞
隔天，你說我們作 R 友就好

某天，我們還彼此十指緊扣共同滑動 iPod
隔天，你說我們作 i 友就好

某天，我們還抬頭眺望從山谷奔出的 Eagle
隔天，你說我們作 E 友就好

某天，我們還彼此承諾要心靈連成 Network
隔天，你說我們作 N 友就好

某天，我們還一起設計好看的動漫 Demo
隔天，你說我們作 D 友就好

某天，我們還說要共用一把悠揚的烏克麗麗
隔天，你說我們作 M 友就好

某天，我們還辯論愛和 I 可否徹底融合
隔天，你說我們作 I 友就好

某天，我們還說要一起無條件環遊世界
隔天，你說我們作 T 友就好

我問，這是戀人以下，朋友以上？
你不回答

某天，我問你：可以一起哭嗎？
你說，朋友　台灣製造　就是陪哭的。

## 曠野教獸諮商室：復育愛情

### 一。樹的心也會噗噗跳

小孩在洗手間看見：
少用一張衛生紙就可拯救一棵樹
他詢問媽媽為何這樣
她無法說明清楚
只簡單回答：
因為紙是樹做的。
小孩依舊皺著眉頭

小孩喜歡擁抱家旁的各種樹
於是他真的想知道：X 張紙等於 Y 棵樹
害怕附近的樹有天也會被砍掉

他谷歌了網路：

一張 A4 紙需 14.8 克樹幹
一箱紙約需 0.6 棵樹

小孩終於想通
為了一張衛生紙就需砍整棵樹
因為人類不會只製造一張紙
有了一張就有一包
有了一包就有一整箱
最後整個森林的樹都變成紙漿

小孩告訴媽媽他的發現
媽媽想要說：
長大後
守護那個讓自己心臟噗噗跳的人
猶如守護心愛的樹
樹的心也會噗噗跳
預知自己要被砍伐時
流下了淚水

## 二。井底之蛙新解

世界的水逐漸乾涸
在井徹底失去水以前
這群蛙早已用他們敏銳的五感
第六感覺察自然的變化

他們離開這個世代居住地

找到一片巨大的葉子
當成可以吃睡的新家
當成可以漂流的帆和船
開始航向新水源

他們找到新的樹葉
雕刻成一把烏克麗麗
在他們清醒或困頓的時刻
都有其他的蛙彈唱著悠遠的歌
與河流一起在波光中前進

他們深信，會找到一個地方
比以前的井更能聽到風聲
更接近樹葉的沙沙細語
更接近生命的源頭
更適合朗誦情詩
更需要唱情歌

## 三。我記住你眼裡有幾隻螢火蟲

我記住你眼裡有一隻螢火蟲
獨佔你眸裡的天空
從你眼窗望出去
同步你所有的世界

我記住你眼裡有兩隻螢火蟲
一隻你自己，一隻我的倒影

飛舞的時刻都有我的光暈
伴奏與歌唱

我記住你眼裡有三隻螢火蟲
自由平等與博愛
在黑夜中維持閃亮
捕捉睡眠時清醒的夢

我記住你眼裡有四隻螢火蟲
所有四字成語的靈光
寫入你眼眶的辭典
隨時流出純粹的聲音

我記住你眼裡有五隻螢火蟲
陰陽五行的色彩
相輔相成的原理
你完全掌握於鼓掌 / 股掌之間

我記住你眼裡有六隻螢火蟲
兩個三角形畫成的星星
註記靈魂的關切
來自上天的銜接

我記住你眼裡有七隻螢火蟲
一星期七天的無盡迴旋
十四行的綿延情詩
二十八天的月亮週期與潮汐

我記住你眼裡有八隻螢火蟲
無限的符號
向宇宙的銀河蔓延
滑入星星在夜裡展開的表演

我記住你眼裡有九隻螢火蟲
古老而久遠
大爆炸以來就停駐在這裡
目擊我靈魂每一世的蛻變

我記住你眼裡有十隻螢火蟲
一條直線垂直往天空
一條橫線往兩旁延伸
交會處標示了神明的住所

我記住你眼裡有解開密碼的通道
迎向螢火蟲

## 四。如果有一天，愛情被環保團體宣告列入瀕危物種

### 1。鯨魚旅館

都市的大片空地
建築了一間
旅館

遠看是一隻即將
越出海面的鯨魚
靠近時，人們在旅館的陰影下
變成比螞蟻還小的點

所有的房間都爆滿
他們體驗失去的海洋經驗
有人乘坐纜車
到鯨魚尾巴
那裡架起了一個虛擬的月亮
人們可以仰望天空
瞬間置身月暈中
可以往下眺望
正好看見鯨背撐起的海洋
濺起了虛擬的海浪
撞擊的聲音震動
虛擬的月搖晃

有人停留在
鯨魚的肚子裡
那裡有座觀星樓
躺在 45 度傾斜的檜木版上
眼前正好有虛擬的星星

有人停留在鯨魚的腰部
那裡有座精密設計的船
虛擬人類搭乘的客輪

從每層樓看出去
都是太平洋的藍天

兩個朋友正好在夾板上相遇
A 說「與真的海洋完全一樣 」
B 說「安全又刺激」

他們彼此在另一個夾板上
遇見了旅館裡曾經玩過的
虛擬情人遊戲的另一半

旅館遊樂人員正好出現
拍拍手：「來，下一場的愛情體驗
半小時後在虛擬銀河中
激烈展開。」

熱愛虛擬經驗的 X 合起小說鯨魚旅館的第 50 頁
全身冒汗，懷疑他與情人的愛情
是否已被剽竊寫入小說的後半段

## 2。櫻花鉤吻鮭紀念館內的詩

公元 2200 年，人類宣布
櫻花鉤吻鮭從地球消失

人類蓋起了一座
櫻花鉤吻鮭紀念館

門口的石碑上寫了一首詩：

每次聽到櫻花鉤吻鮭
總想到那些至美的回音
像是鮭的聲響
浪漫的時刻是瑰麗的花朵
動物性發作時是龜的幻化

鉤吻時嘴裡的唾液
源源從清澈的溪流裡散開
我們彼此鉤住對方
永遠無法分開似地以吻相連

櫻花，盛開的時刻
那是你華美的肉身
我們共同擁有魚在水裡
被天生賦予的歡愉

下一刻，關於櫻花鉤吻鮭傳奇的迴游
那是基因裡設定回到子宮的慾望
誕生的母地唱出召喚的天音
必須以我生命所有的肉身與靈魂
回到宇宙為我規劃的家園

那是你體內等待我許久的子宮
我們將共容孕育無盡輪迴的迴游
向銀河水流釋放出各式星球的卵
下一波櫻花與玫瑰混血的誕生

# 那些年，那些歡樂教室

## 一。語言混搭 RAP：這學期，我們將寫下學校的創舉

（前呼：同學們！以 RAP 節奏這首詩！）

這學期　詩課程　順利　結束
請幫自己打個阿拉伯，Arabic 數字
這將成為
你獨一沒有二的 unique
期末成績紀錄

慢著，請先自內心最深處
誠實反省
下列必須回答的打分題庫

1.

**課堂上我達到自己預期的，**
**努力等第？**

通常盡量不缺席
即使外面的太陽很 sunny 美麗
很想去遊戲
即使上課前仍然烏雲滿佈 cloudy sky 似地
心情有點 melancholy 煩躁憂鬱
想要躲在自家的蠶絲棉被窩裡
蠶一樣裹住自己

2.

**對於課堂的要求，我盡力無礙？**
**即使有時力—有—未—逮？**

夜晚的同學臨時 Line
或上我的 FB 送來驚嘆唉唉，
終究無法打斷我與 night owl 貓頭鷹的厲害
對決的心海，
我望著窗外的月圓 moon，自 high
感到在繁忙的課業下 , Oh 嗨！
我已經為這門課竭盡所 suo suo 能地亂蓋！

3.

**對於每一首詩或電影**
**盡可能把我的意念灌注熱情？**

走在那條耶林大道上，踏著經典詩句腳印
我譜出 rap 節奏唱吟
扭動著我的驅體，感受醉人的吸引
快要百年的椰仔樹 coconut 下有蚯蚓
風攜來葉片 page 堆起的森林
我迅速寫下三行的俳句樂音
rap rap 腳印
ha ha 唇飲
rap-ha rap-ha haiku-ha 哈哈成癮

4.

## 內容是否體會與瞭解？

即使一知半解，
我的嘴仍 murmur 喃喃咀嚼
吐出前人詩句的一瞥
加工成自己的呼吸台階
在這個空曠的草坪世界
向泥土跳出的 cricket 蟋蟀學
十四行詩 sonnet 押韻的秘訣
十四行恰恰踩過十四次洞穴
強弱強弱的韻腳 foot 流洩
海灘上留下蟋蟀愛戀的書寫

5.

## 我在學習上面臨了一些困境，但努力解決？

即使一個月前猶如中邪
告別 farewell 的電話，淌血淌血
趕緊調整那些混亂，oh, 需要調協
大量閱讀詩句，yes, 療癒書寫
夢醒時刻，嘴角依然舔舐 lick, lick, 抵抗歪斜
哭泣的 sour 味鹹，但我接著唸出，跟隨聖賢
幾個從詩人的哲光，願靈句成仙
用那雙撫摸詩的手掌 palm palm，掀開開掀
撫觸心 heart 的位置，那裡有琴弦
我聽到世界上來自各地的心跳 beat，無限蔓延

6.

## 哪些潛能獲得開啟？

（這題可多談，oh, 求變談新）

那些曾經壓在深處 deep deep 的心
無法說出口的 unspoken 痛楚的信
隨著詩句的 beat kicks tick，更新
挖出了那些結巴與結疤後的清醒
那些被理性淹沒的大腦典型
重新注入了感性 sensuous 的海王與金星
我在大海中漫遊滑行
所有潛在的頭暈恐懼，現在風清
都寫在押著頭韻 alliteration 的句子裡，有情
fear, flee or fight? oh, 可行，可行
抑揚、iambic, 抑揚、iambic, 抑揚，請請
我在字句間衝浪，surfing, HIGH and LOW，重輕重輕

同學，請打下阿拉伯數字的分數，
這學期，我們將寫下學校的創舉，yes, 太酷
第一次由同學全然為自己評分的 activity，oh, 熱呼呼
帶著心的押韻 with heart rhyming, 跳舞
e.e.coming's "I carry your heart with me"，如此巨大，空，無——

## 二。大學部上課點名方式

本學期 , Oh, 麻辣點，麻辣名，麻三 --- 次
三 --- 次，均 .... 麻辣出——席者

學期，麻辣總分，加，四 --- 分
三 --- 次，均 .... 未到者
麻—學期成績，以 .....0 分計算

一次，至兩次，未到者
辣—成績，不 --- 加 --- 不 --- 減

（喔，這算哪門子的
一首不：三：不：四的詩）

## 三。你被邀請到我腦海的味覺世界

學生連結兩個接收器
眼睛盯看 FB
耳朵傾聽老師的 ppt
同樣影音兼具
ppt 上老師放著大腦透過譬喻
請學生感受 You are a sweet person
腦中掌管甜的區塊被激蕩
舌頭分泌甜汁液。
學生繼續吃著 FB 上 sweet heart
傳來的 chocolate
昨夜與他的 honey 做愛了一整夜
whole night pleasure

老師連結兩個接收器
眼睛盯看 ppt

鼻子嗅聞學生瞳孔的咖啡煮出來的
sugar 加苦澀，
在這午後的陽光小屋
需要咖啡來提振舌頭裡的唾液
他知道即使清醒
這些學生仍沈浸在他們的あなた (a-na-ta)
傳來的甜蜜 message
羨慕學生隨時都可以
進入白日夢式的 lovemaking 裡

才一眨眼，老師的嘴角還沾著咖啡
突然接到學生加入臉友的邀請
在這午後的學堂裡，他想要與
老師融入在和諧的氣氛裡
那裡有著學術與現實的味道交融的
辣味 hot flavour
哦，老師從 ppt 旁邊的螢幕上
瞄到學生取的假名叫做 You are invited
自我介紹寫著：你被邀請到我腦海的
味覺世界
COME, come, COME, are you COMING?

## 四。青春的呼喚：在滿天玫瑰雲彩下

在那裡貓們信任眼珠和嘴角
微笑牽動鼻樑
還會有隻手輕拍孩童的背腰

在那裡孩子丟掉人名和年代
在公園品嚐小說與詩歌
聽冒險故事歷史傳奇
他們在大草地上接球奔跑
衣服弄髒，媽媽還問
孩子是否吸收了土地的靈氣

在那裡青少年與青年把知識與資訊
丟給勤勞的電腦
他們只想聽老師朗誦
充滿節奏的情詩與情書
幻想前排同學共遊滿天星斗
渴望老師明白重複演練算術
怎能讓人了解失戀的習題

（hei ～ yo ～ hei ～ yo, 在玫瑰雲彩下
貓們將作業和功課打包
躺著吃飯與寫作
站著做夢與睡覺）

在那裡大學生必須自己製作課表
調配戀愛　生活　專業三種學分
手寫愛慕的詩歌與郵件
寄給他們經常凝望的對象
生活點滴寫成心靈週記
裝訂生涯的失落與收穫
專業課堂上要找到他們的身影

請去電影院私人公司和國際會議廳

在那裡上班族不必打卡
只需交出「心跳檔案夾」
上班時間可以出國玩遊戲
回家泡澡唱歌洗衣煮飯看 CD
在辦公室外的草坪寫企畫
還可邊打手機與戀人低語調笑
如果來了一場午後雷陣雨
不急著衝向辦公室公寓
他們讓大雨徹底淋濕內衣
浮現青春的肉體
烘乾頭髮還可隨手變換髮型

（hei ～ yo ～ hei ～ yo, 在玫瑰雲彩下
貓們將頭銜和姓名打包
躺著吃飯與寫作
站著做愛與睡覺）

** 此詩出自 2016 年出版的《佛陀在貓瞳裡種下玫瑰》。

# 野獸動物學園

## 一。都與鴨有關

野獸還年幼時拿起畫筆
胸口有隻不馴的動物在那裡狂叫
他拿起蠟筆在畫紙上
狂野畫出心中的野獸
也就是自畫像
但野獸旁的老野獸們覺得這隻野獸
畫得不像
「簡直像隻鴨子」
於是不知何時開始
幼獸每次拿起與蠟筆，那些老野獸就說：
「你又在塗鴨了啊。」

野獸長大些穿上衣服上學校
那裡的老野獸們總覺得
野獸太消瘦了
他們宣稱身體沒有肌肉
代表學校的恥辱
重複的練習可以增加肌肉塊
加強連結腦細胞突觸
每天規定野獸要增肥看起來有元氣
「就像如果在鴨子裡填進食材
烤鴨會吃起來更攪動唾液
這叫做肚子有料啊」

從此每次野獸聽見老野獸說：

「我們開始來重覆練習肌肉吧」

他就開心回應：「我們又可以填鴨了」

野獸再長大些，有天注意到
自己竟然無法發出狂野的叫聲
別的野獸來攻擊，
也只能輕聲「啊」回應
拿起蠟筆也畫不出鴨子胖胖的樣子
他開始煩惱為何失去了力量
每天失去食慾半夜失眠：
「為何喉嚨與手被卡住？」
胖胖的野獸逐日臉頰凹陷
有天他失神走出自己窩著的小屋
經過一片菜園，
那裡有許多在雞正在玩耍
對著野獸大叫：「快來跟我們玩吧。」
野獸想要說好，嘴巴卻無法發聲
無論多費力聲帶都被繩索封鎖
那些雞們開始不耐：
「他只是張著嘴，歪來歪去的。」
「真是雞同鴨講啊。」
野獸聽了嚇了一跳，瞬間從喉嚨深處
噴出一生從不曾洩出過的怒吼：
「我不是鴨子，你們別搞錯了！」

## 二。他們稱那為象牙塔

2006-08-22

這座殿堂，他們稱為象牙塔
他們保有多麼美好的口德

你可以想像
這裡到處疊滿象牙
尊貴到可以用秤錘來計量
這座殿堂的總價

這座殿堂，他們稱為象牙塔
我們所賴以生存的論文與學術
都用象牙紙張列印
層層堆高成巨塔
隨時迎接日月的反照
製造莊嚴而華麗的氛圍

這座殿堂，他們稱為象牙塔
裡面的人更捍衛這個讚嘆
不容塵埃的玷污
塔外的人遠看它是一朵倒立的百合
汲汲經營 / 晶瑩的露珠
迅速下滑
在霧中看過去，竟是一頂高帽

這座殿堂，他們稱為象牙塔
多麼唯美的歌頌
我從辦公斗室仰望塔頂
如此高聳
必須爬到塔頂
才能摸到
由量化數字磨造的象牙

所模鑄的衝擊高帽
在加冕的過程中
必須時時忍受數字的重量
於是，我們的背者僂了
這頂唯一的桂冠
如果不慎從塔頂滑下
象牙的碎片
將以重力加速度在我的頭頂
迸出鮮紅的花朵

這座殿堂，他們稱為象牙塔
他們選擇用四聲、二聲、三聲的音調
唱出詠歎
而我站在原地
瘋狂尋找那失去的一聲 / 一生
在巨塔所覆蓋的陰影下

** 學術叢林中，教獸們的「學術成就」被各種數據量化，包括論文被評比的標準為該論文造成的「衝擊因素」（impact factor）。書寫此詩時，正為教授升等所要求的高標準承受痛苦與鬱悶。

## 三・拒絕信

親愛的江教授：

遺憾地，我們通知，你的論文並沒有
通過，我們的，嚴謹審核，
你是知道的，我們的期刊，每日，
從世界，各地，湧來了，各種競爭，的論文，
他們，也和你一樣，希望論文，被錄取，
但是，抱歉，我們的，審查制度，如此謹慎，
所以，只有，很少數的，論文，可以，
刊登在，我們這樣的，期刊，

你的論文，研究台灣的，原住民語言，
瀕臨消失，的語言，的確，能讓我們，知道，
更多關於英文，以外，的語言現象，我們也，
願意相信，你的論文，將可能，極其寶貴，
如果，你願意花時間，坐下來，
好好修改，你的論文，然後再投到，其他一些
值得尊敬，的期刊，我們相信，這篇論文，的前途
仍然，還有無限的，光亮，

只是，抱歉，目前，你的論文，許多的，坑洞，
需要修補，在你們再度，投到其他受人尊敬，的期刊前，
我們誠懇，希望，你能聽聽，我們的建言，
首先，你的理論，完全不符合，最新，的潮流，
抱歉，我們看不出，什麼關於理論，的創意，

你的論文，像裝在，舊的瓶子裡，感受不到，新鮮與價值，
你難道不知道，每三個月，新理論，就淘汰之前的，舊理論，
投稿前，多看看，最新趨勢，論文才不會，提早出局，
另外，你的文獻，也未免，像薄牆，一推就倒，
雖然，你研究只有不到五千人，說的語言，但是，
至少你得看看，英文方面，的文獻吧，怎麼會，一頁都不到，

還有，實驗方法，也到處斑駁，你比較原住民語言，與英語的差別，
但從所設計的句子判斷，你對英文，根本無法，掌握，
你難道，不知道，在英文裡，有許多不同，的說法，
還有，你的發音人，怎麼只找，兩個人？兩人的研究，
可以產生，任何結論嗎？可代表，整個語言了嗎？
另外，你用某軟體，測量音調，你知道，這個軟體，
經常有人寫信，抱怨感染病毒，你應嘗試其他，
更穩定的，軟體，避免你的，結果，全是垃圾，
說到統計，你難道沒有看出，即使只有兩人，
也該有個別差異？

至於結果，與討論，基於前面實驗的，問題，
我們認為，完全不可信，
我們一致認為，你的論文，
需要重做重寫，已經毫無，商量的餘地

最後，但不是最不重要的，仍然感謝，
你把論文，投到我們的，期刊，
因為有你的，熱情支持，我們的期刊，
得以繼續成長，記得，如有任何問題，

請不要，猶豫，盡快，與我們聯絡。

最好的，
編輯部

** 學術叢林裡，必須仰賴寫論文累積成果，但投稿英文期刊，無論被拒絕與否，往往收到厚厚的幾頁修改的建議，雖有不少建設性的建言，也可能顯現審查人口氣的傲慢與偏見。本詩完成當時正準備教授升等。

2006-08-23

## 四。痣的兩款命運

詩中，一顆痣隨意
從臉上飛向太空
在太陽系裡等待與
另顆星球美麗的邂逅

喔，學術論文說，
所有的文獻
都證實痣無論如何
不會離開臉龐
除非～～
去用雷射掃射
或，那顆痣
在某個浪漫或不浪漫的午後
是被點上
或貼上去的（冒牌貨）........

## 五。狠狠呸出，那些不屬於聲韻學的

上課的鐘聲從遠方響起
聲韻學的必修課前
無法移動的石獸雕像

石獸早已經矗立那裡多年
有時被搬到教室有時留在辦公室
以堅硬的砂石製成的嘴對著學生說話
靈魂被遺漏在宇宙的某個角落
機械式吐出專門談論語言形式的理論

聲韻學主流，形式主義的石獸
宣告他們把聲音的形式美
發揮的如此鱗離，禁智，與透掣
聲音的結構以無比驚怯的數學螺疾
線性與非線性的焦剉
串連起蛢大蛐癌的理論
學者們宣告整個論文發表市場
齟獗形式的絕黴，催出更多論的唾液

但另群食獸宣稱，缺少語言的意義與功能
形式主義的本質化做食物的殘渣
無法消化變成營養
佔據了整個胃消耗大量的能量
堵住腸道阻止分解腹部劇痛
「形式是高級勒澀！」

終於這些食獸從口中吐出對抗的吶喊

一隻曾經石化的獸聽見了，
他的味覺開始對形式主義噁心反胃
只有，徹底重新烹調課程大綱
加上聲音的意義與認知的調味
迴盪優美的語調
將聲音的象徵燉煮，加料詩歌的韻律與呼吸

這隻獸從椅子上站起來
把封鎖在抽屜裡的聲帶拿出
裝進喉嚨走入教室
要在即將來臨的三小時裡，連續發出吼聲
石化獸的眼裡藏著許多砂反射光芒
他重咳了幾聲，重整嗓門
將口中的形式主義
狠狠呸出來

## 六。在疲憊與昂揚間，狂吼一／異聲——給中年時曾罹患職業倦怠的自己和教授們

有時疲憊，喔，腳跟抬不起來
鐘聲已經響起，學生在那裡等待
鞋子留下的沙，吹進沒填飽的眼眶
幾滴酸的淚

疲憊的吶喊，心臟的底部

啜泣的模樣，壓在蜷縮的胸腔
昨晚肯定因為，沒準備好今天的課
在夢裡追趕不到，準時離開的飛機
行李完全沒打包，人還在異國
手錶上的分針，暫時停止
無法歸鄉的恐懼，夢裡重複上映

疲憊的低吟，心臟的深處
嘆息的容顏，躲在黑暗的心房心室
重複講述類似內容，黑板變得乾躁
聒噪的唾液，能否潤滑枯燥的理論？
課堂中重複舔舐自己的嘴唇
失去活力的節奏，能否重新潑上言 / 顏料？
循環的敲打自己關閉的窗

鐘聲響起，腳跟無法抬起
秒針推進，內心焦躁
荒野中的倦狼，急促喘息
害怕跟不上其他幼狼，
整片森林，腳底沾滿各種顏色的落葉
幼狼既輕又快的顛腳狂奔
早已在風中抖落所有的葉脈

有時卻又昂揚，喔，腳跟為下課鐘聲打拍
堅持努力演出，耗盡剩餘的言語
最後一滴口水，磨乾喉嚨
學生收拾，字跡模糊的筆記，

手上的電腦比老師的網路
更早踏出這間持續三小時的，交流場地
雙手擁抱戀人的等待眼睛

如此昂揚，課堂上學生
關愛的眼神瀰漫，整個房間
可橘可蘋的笑容，歡笑的水果
酸甜的滋味，口中的氣息
刺痛心臟深處，發出自責的聲音
「為何面對這樣可愛的孩子
還會變成一匹倦獸——？」

這樣昂揚著，對自己心戰喊話
曾在荒野中歌唱的，野獸——
掩飾住自己疲憊的腳步
即使腳尖攜來那麼一絲輕盈的沈重
也要調整弧度，快速的緩慢
沿路欣賞曾經錯失又擁有的美景
一匹能穿越森林光與影的狼

有時疲憊，有時昂揚
疲憊與昂揚間，倦怠的呼吸緊跟
荒野中的一匹狼
狂吼一 / 異聲—— a-i---------
驚動了森林裡所有沈睡的落葉
肩膀就這樣痛了起來
心臟的深處，震盪了——

## 意外事故

自從在課堂上宣布
絕不接受遲交的作業
除非有不得已的理由
那刻起，但書變成詛咒

A 同學臉帶疲倦說他不幸被腳踏車撞倒目前仍在修養階段

B 同學憂傷泣訴他父母婚姻面臨危機他六神無主

C 同學告知他也不幸撞到後背不過傷勢還好是一輛輕型摩托車

D 同學十分無奈他的電腦午夜突然當機一個字也列印不出來

E 同學的書包竟然在另一堂課整袋遺失回去尋找時早已無影無蹤

F 同學代 X 同學遞上一張醫生證明說急性盲腸炎必須臨時緊急開刀

G 同學表明馬上就要參加研究所考試攸關他一生前途大學部課程只好徹底犧牲

H 同學轉告 Y 同學的近況他已經辦理休學也不知為
　何原因可能壓力過重據說顯現一些精神官能病徵

I........

想起我指導過的一位研究生
美國捎來電子郵件
擔任教學助理的她宣布
隔周將舉行期中考試
四位學生陸續向她報告
不克參加的原因
他們的祖母都突然過世了

後記：此詩刊於 1999 年 8 月 9 日的「自由副刊」。不到兩個月，台灣驚爆狂肆的 921 百年大地震，兩年後從電視裡，親眼目睹美國雙子星大廈遭 911 事件突擊，飛灰湮滅。經歷了這兩個事件，再重讀本詩，學生的意外事故轉為如真如實的感受，盤桓胸臆，久不離去。

1999-07-31

# 向日葵與愛——致 318 學運

## 一。對向日葵訴說告白

Sun flowers, 當我們接下這個帶光的名時
神給了我們永不滅的勇氣

光芒會折射到人類的告白
即使裡面的語言一開始隱晦
依舊點燃反照的勇敢
照亮整串黑暗背後的陰影

如果害怕被拒絕，吐出的字句只會是嘰哩咕嚕～
瑟縮的胸膛阻絕熱情的聲音，無法連結成心跳的
節拍律動從齒間澎湃湧動
顫抖的嘴唇吞下肚腹間燃燒千年的火焰
淺薄的呼吸稀釋心臟的鑽石在無盡的琢磨中
淬練的萬丈，長度的七彩光芒

在立法院秘密花園裡
宇宙栽種了各式各樣的
向日葵，像日睽，太陽花，將你們的
躲藏的告白聲音轉碼至帶光的話語
在羞怯的母音中滲入勇氣
在沙啞的子音裡填入力道
在急促的切音中插入節奏呼吸的律動

我們誓言，花瓣捍衛著你們的聲音，對著朝陽折射，

對著烈日折射再折射，對著落日反照，
於是最終你們的嘴唇吐出了蜜蜂
想來採拮的甜蜜，那被密封已久的熱切聲響，
叮叮咚咚，還有心跳，撲撲通通

在月夜裡，我們依舊醞釀著夢見
用了一生的勇氣凝鍊的愛的告白
咀嚼與推敲，
練習在月光中等待，然後在日光的喚醒中
輕易睜開眼睛——

## 二。今夜，臣服於 a ～ i

清醒的母音敲打子音，沈睡的 l 醒來
喧囂的子音舔吻母音，彼此嘟起 o 的嘴型
溫熱的唇瓣上下交會，海浪撞擊石頭的 v 澎湃
讚嘆的母音，從風裡攜來眾人口中吐出的 e

與驚訝競賽 a 的嘴形高度，與微笑媲美 i 的長度
極致的 a ～ i，從山脈的頂端登峰，然後造極
愛，ai，從風的呼聲中傳遞無遠，而後福界
愛而不哀，從微風來，變狂風去
愛而不唉，從清風來，從微風去
礙而不唉，從狂風來，從無風去

宇宙的風從四方擁抱靈魂，我們愛而無礙，無唉

奔放的子音 l 抱起自由的母音 a
la la la, 啦啦啦
合鳴的雙母音 ou 在母親的懷裡低吟 m.......
吐出一口長氣釋放所有的呵，........r
lamour, lamour, lamour, 浪漫的語音從胸口
拉出母親的呵護與喝呼

love, 愛，lamour, 包圍你我的名字，
今夜，最大的騷動，征服我們名字裡
桀驁的子音。攻下我們名字裡不馴的母音。
唯有臣服，在風裡低吟。

後記：悲壯而浪漫，2014 年 3 月 18 日深夜，一群大學生與公民團體，肉身衝破立法院大門，激烈反對黑箱作業的「海峽兩岸服務貿易協定」，狂飆的吶喊很快引發國際媒體的關注，成功檔下了該協定，以「318 學運」、「太陽花學運」的名稱標誌了台灣國家與社會自主意識的里程碑。

## 這世界需要歡樂的詩篇

「這世界需要歡樂的詩篇」
學校的佈告欄上貼出如此的祈願
還加註說明：

　　世界　報告了太多的皺眉　與心事
　　周遭　描寫了動人的淚水　與追憶
　　如果　皺眉牽動 42 條肌肉
　　如果　大哭撼動更多紋路
　　讓我們輕鬆微笑
　　因為只需要 17 條肌肉的協調

「這世界需要歡樂的詩篇」
走過欄邊的老師迎著斜陽
眼角流動風景
那些字眼在他們耳邊輕喚：

　　坐在落滿楓葉的椅子
　　交換體溫
　　秋風撥開糾結的睫毛
　　清醒你未休息的眼神
　　風說：
　　那些書的重量
　　永遠壓不垮我輕鬆的靈魂

「這世界需要歡樂的詩篇 」
女同學們穿越被光影照射的長廊

話語飄盪隨課堂的鈴聲擴散
編織過的絲帶在髮後低語：

彎下腰來
把情書丟到池塘
魚也要一起閱讀文字
感受陸地世界的輕重
魚說：
廊下有凝望妳的男孩
躍入水中吧
擁抱彼此眼裡難以捉摸的雙魚

「這世界需要歡樂的詩篇」
男同學們無心於黑板上的公式
連數字都沾染了外面傳來的風 / 楓聲
從教室裡往外眺望
搖曳的楓葉染紅少女的雙頰
她們祈求風把霞紅
送給教室裡的男孩：

把數字拋向天空
與楓葉一起飄落水塘
也吹進走廊的玄關與小窗
讓門外的女孩發現幸福
是一條滑行的曲徑
楓說：

在池裡撿起我

沾水的紅葉寫滿魚尾躍動的波紋

「這世界需要歡樂的詩篇」

佈告欄裡的聲音

降落的燕子啣著

飛向屋簷

後記：詩搭配翁倩玉的畫作〈秋白楓紅〉，畫裡夢幻般浮出日本歷史最悠久的大學「足利大學」。翁倩玉寫著：「從大門看進去，庭院的確是美麗。彷彿看到了昔日學生們在此交錯行走。在單色調的世界裡稍微在楓葉上以紅色點綴，完成了作品。」

## 降落在學生的肩膀上

像大翅鯨刷過海洋時
沈落下去的重量
演奏家的肩膀是整個掀起的海浪
音符安心降落
每一次的停靠，肩膀迎接
音符攜來颶風
演奏家胸口的不規則心跳
肩膀與心臟遙遠又靠近
汗液重覆交融又分離的如膠與似漆

像老鷹刮破天空
爪子在雲層留下巨痕
作曲家的肩膀是整團被衝過的積雲
記錄老鷹走過的路徑
爪痕寫著吻刻過的每一吋
雲層移動整個天空
用生命力道咬出的唇印
老鷹學了一輩子
吞雲 吐霧，從作曲家的肩膀進出
纏綿與悱惻

像雲豹劈破草原時
影子魑魅留在腳印
作詞者的肩膀是連接天地的泥土

寫下爪子與野草的每一次邂逅
每一騰越就降落做詞者的肩膀一次
作詞者最結實的那塊臂肌
高速飛奔於鋪展的大地
土地的心跳有了新的律動
雲豹的爪配合計時
在精準的時刻
遺留下影子，依舊難分與難捨

像大翅鯨、老鷹、與雲豹
一堂淋漓盡致的演奏作曲寫詞
在宇宙翩翩降落在海與天與地的肩膀
每一回都引起大自然的震動
老師與學生共同完成了一場鯨天動地
鷹氣飛揚豹風來襲的邂逅

## 有股力量從嶄新的老舊心跳開始算起

不知所云時，
有股力量從嶄新的老舊心跳開始算起
當舌頭打結，這是不平凡的時刻

不平凡的時刻適合做些狂野的瘋事
在污濁的清澈上獨自裸泳
在清澈的污濁裡擁抱空氣
在喜悅的悲傷裡飆出從不曾發出的假音
在悲傷的喜悅中挖掘自己獨特的搞笑天分

搞笑的天分來的是時候，
還有幾十年可以扭動鼻頭戲弄眼珠驚動耳垂
收集熱笑話定期傳送給學生
他們如果正在讀冷論文，笑聲可以催出熱淚
微波冰冷的文字
冷熱摻雜的滋味，哈，我們的教獸萬歲

教獸萬歲，這個學習時代已經稱做翻轉
翻覆所有喧囂的安靜填鴨
轉動所有安靜的喧囂考試
學生們要跳到桌子上環視周遭
再把椅子一個一個疊上，
製造高貴的平價教育殿堂
即使跌下來，不要驚慌
在地板滾動幾圈那才算是真正的翻轉

真正的翻轉，街舞裡雙腳翻轉天空
翻騰粗獷的細緻旋轉
轉接細緻的粗獷眼神
饒舌歌裡的押韻從不間斷
從一個高亢的低吟韻腳翻轉到下一個
山巔的低吟的高亢
在白雲的見證下，學生的手與腳
翻轉了一個年輕世代的聲音

一個年輕世代的聲音，在網路上高速衝浪
每個浪頭微小而巨大的浮起
即使巨大而微小般再次墜落
而後，終究會層層衝過浪頭，在下一道
的浪頭再起，他們狂肆的吶喊
淹沒了已經沙啞的逐漸老去的年代

沙啞的逐漸老去的年代
慢慢吐出清晰的含混話語
蒙上含混的清晰過去
跟不上腳步，在半路上喘息著
後面的人吶喊：輕快的沈重
推動沈重的輕快重新出發吧

不知所云時，
有股力量從老舊的嶄新心跳開始算起

當舌頭來打劫凍結的話語，
這將是驕傲而謙卑的旅行起點
謙卑的驕傲時代重新啟航

# ■二部曲：女教授／教獸行腳

# 初登場集錦

## 一。總有第一次

總有第一次

你快步奔回本壘丘
兒時的同伴在觀眾席上歡呼撿球

你在籃框下悸動著有一天
可以脫離地心引力飛向星河邊

你洩憤踢石頭的力道
幫助你成為足球場上的射門高手

你在游泳課上蛻變成海豚
幻想有天會如鯨魚般橫渡太平洋

總有第一次

你急著找出身邊的拖鞋
瘋狂壓出花蕊的版畫疆界

你搆不著下個八度黑鍵的手指
在琴鍵上顫抖摸索前進

你開始習慣芭蕾舞鞋總是
淤青了那兩隻還在發育的拇指

你的白子全面被黑子圍攻
心想著天空的棋盤還會塗上彩虹

總有第一次

你吹口哨走向夢裡見過的女孩
鬆掉的鞋帶拉住你的腳步

你渴望男同學擲來情書的紙飛機
他射出橡皮筋降落在你的長髮

你寫考卷時鉛筆尖瞬間斷裂
隔壁同學都找不到多餘筆心出借

你篤信風箏在逆風中仍然勇敢
卻望見一群飛鳥在風中掉落羽毛

總有第一次

你發燙的唇瓣滑過他的雙唇
在失重的月球漫遊

你的身影闖入對方濕潤的眼眸
帶笑的淚水洗去滿身的塵垢

你孩子般貼住他起伏的胸口
彼此尋找心跳的信物，撫摸鈕釦

你望見他上弦月的嘴角
想像自己把那種微笑掛上天空

總有第一次

你看著對方離去的背影
那一刻永遠凝結裝入腦中的相本

你找星星泣訴
誠心相信他會感應你思念的靈魂

你剪裁玫瑰的枝葉
開始懷疑花朵是否也擁有痛覺

總有第一次

你接收陽光照拂的暖意
想到地球另一端寒冷的軀體

你觸到一朵花凋萎的質感
比在陽光下盛開時還要柔軟

你看見蠟燭熄滅

留下的蠟滴證明生命曾經熾烈

你在黑夜中酥醒

那個中斷的夢待會還有續集

總有第一次

你凝視沈睡中的小孩

他們的臉孔仍和白天一樣調皮

你回到過去的小學裡

慢慢打開早已縮小的桌蓋

你發現還有未完成的作業

上面寫滿老師急切的叮嚀

你摸到兒時的畫紙與蠟筆

指尖喚醒那個熱愛塗鴉的自己

** 詩搭配翁倩玉人生的第一幅版畫〈椿〉，成為 2010 年我與翁倩玉共同出版的《合掌—翁倩玉版畫與江文瑜詩歌共舞》書中的第一首詩。

## 二。失眠　1996-10-17

今夜，失眠是位竊賊

攀垣屋簷，越過未加鐵窗的欄杆

如貓腳落地，輕快
疾行於地板，客廳、廚房的障礙物重重　無視
跳　躍　幾　番
他望見了我，瞬間嗅及我胸膛起落的呼吸　慾望流竄
包裹著一身水斑浮動的肉體
輕如燕的身形對準守夜者的沈淪
倏忽間，長毛的胸口引爆原始的閘門開啟
顧不得今夜原本的目的
粗暴壓下山巒起伏的雙峰，吸吮 貪婪如貓眼在黑夜發光
以齒磨痕那一身雪白的肌膚
我驚訝　喉底深處乾燥　失聲
消失的臉部輪廓解除我呼吸的武裝
他堅硬的下體刻不容緩
駛入隧道　暗無天日　上下呼嘯　前後連貫
越過山洞　嗚嗚鳴笛
又進入一座蠻荒之山，失去黑色泥土的門拱
險些山崩，脫軌 刺痛
跨出黑洞　稍見天日　沈入泥中
雙峰吟哦山的召喚
車頭馬力加速　向叢林密布的森林飛奔
失速過快，溢出的汽油拖曳
他不甘，以為殘存的燃料仍可再走一段探幽之路
我抗拒，土地的肌膚滲出
爬咬的紅斑
他為雙峰眩惑，急於攻頂，舔舐驕傲的勝利
從背面攻擊，V 字形前仆後繼　直到阻絕於子宮構築的山牆
插旗示意到此一遊　撤退

他完成強暴，威脅我不准報警
轉身縱躍窗簷
逍遙法外

** 成年後第一首詩的發表，是在一個無法成眠的夜晚，半夜提筆寫了這首〈失眠〉，後刊於「自由副刊」，最後躺在第一本詩集《男人的乳頭》裡。

## 三。男人的乳頭　1997-06-07

從A罩杯至D罩杯找不著你的尺寸
原來你的只有小寫
躺在鋪上眠床的專櫃裡
a b c d

「原先 ，過於羞澀拘謹
你只允許自己以 o 型面目示人
圓滿、無缺、閉鎖
任何人可能為你搬出的辯解：
『英挺動人的天生賦予，
不需要修飾的男人本色』
我熱心提供資本主義最佳邏輯，全力說服：
『同心圓纏繞舌頭緞帶的免費包裝，
較適合贈送情人的貼心禮品』：
撩起彎月弧形，滑梯至右下
意猶未盡，舔舐前進
( 你的 o 如今披上一身舌帶，風姿綽約宛若 a)
左上綿延而下，黏膩無絕

（此刻，你的 o 深飲一口氣，背脊堅挺，腰桿拉直如 b)
靈舌緞帶交錯捎來數陣低喃的呼吸聲
溫溼如初夏的眉宇／梅雨
不小，打醒一季晚春
（你矜持的 o 終於口乾喉燥，展唇急促呻吟如 c)
哦，舌帶差點忘記美容你的另一個 o
他正乾瞪吃醋的漲紅了臉如 O
來不及前置作業遊戲了
舌 甘 甜頭任意品嘗
綴繫成玫瑰花
（你的另一個 o 恢復自尊，微笑的再度挺直腰桿宛若 d）」

負責打點男性罩杯專櫃的女人
滿意的凝視
a b c d
屬於男人的
小寫款式

** 靈感湧現，將我從夢裡喚醒，半夜我趕緊起床，用電腦敲出浮現的詩句，命名為〈男人的乳頭〉。那一個激越的夜，震盪出第一本詩集的書名《男人的乳頭》。

## 四。如果一隻蒼蠅飛落在乳房 1998-09-14

如果一隻蒼蠅掠過乳頭
她／他的複眼
看到一萬顆加州陽光踩過的葡萄乾
還是一萬粒九份礦山砂礫隙縫裡

紫色的芋圓？
假如一隻蒼蠅飛越乳房
她／他的複眼
看到一千支裝飾的倒立白玉瓷碗
還是一千支埋藏在玉山雲霧裡
盛滿小米酒的三角杯？

假若一隻蒼蠅降落在乳房
她／他的複眼
看到Ｎ支進口ＸＯ的玻璃腰身
還是Ｎ頂穿梭在農夫的影子上
被陽光覆蓋的斗笠？

一隻蒼蠅跌落在乳房
她／他的複眼
看到一百粒新品種的改良木瓜
還是一百粒金字塔美學原理
阿媽親手調製的肉粽？

還是她／他寧願閉起眼睛
想像一位母親
哺乳時
高潮的偽裝
聽到母鯨在海洋千里外狂號

或只是靜靜躺下
成一座島，或一粒西瓜子

落在一顆聽說可以改運的痣上
告訴母親命運跟著放大了

** 這首序詩揭開了第二本詩集《阿媽的料理》簾幕，詩集以食物作為貫穿全書的隱喻系統，構成龐大的長篇組詩 --- 阿媽的料理系列、飲食雌雄系列與台灣餐廳秀系列。

## 五。佛陀在貓瞳裡種下玫瑰

佛陀在貓左瞳裡種下玫瑰
當貓看見自己的戀人
瞳孔會因喜悅而擴開
玫瑰跟著長大
伸展他的世界
向眼神所觸及的
最遙遠的戀人住所

佛陀在貓右瞳裡種下玫瑰
如果在黑暗中，在恐懼裡
貓會壓下瞳孔的拱門
玫瑰的痛楚深藏在彎曲的背脊裡
他的刺戮穿自己的根莖和枝葉
鮮紅花瓣上到處殘留深長刮痕
貓將不停擦揉疼痛的右眼

佛陀在貓左瞳裡種下玫瑰
隨時澆灌滿盈的淚水，因喜悅悲傷的
昨日努力修剪眾多小花的誘惑干擾

今日便能欣賞更大主花的繁茂
明日當凋零時刻，剪下一半枯枝撫平切口
貓瞳裡將又開出嶄新的花朵

佛陀在貓右瞳裡種下玫瑰
當貓在夜晚闔眼
玫瑰以為進入自由飛翔的夢境
貓微顫的眼珠時刻牽動
那條維繫夢境的彩帶
夢裡互相凝望時
彼此的瞳孔裡，出現一對
走過秋冬春夏的玫瑰

佛陀在貓雙瞳裡種下玫瑰

** 傳說在日本奈良時代，貓隨佛經引進日本，幫忙看管保存佛經典籍，防止老鼠咬壞那些從中國傳來的珍貴佛經。

** 詩完成於 2007 年，後來搭配翁倩玉的版畫〈鳳凰迎祥〉，上面刻畫著京都鳳凰堂平等院的阿彌陀佛相。詩完成後不久，決定以這首詩為書名，發展系列作品。2015 年夢想成真，成為詩集《佛陀在貓瞳裡種下玫瑰》的序詩。

## 一路走來——給林義雄老師 2000-12-01

一條苦行路
你踏上了
從二十五年前
黨外前輩被對方賄選的泥濘絆倒
你為他擔任訴訟代理人
為了抖落
台灣人民腳底沾滿的污漬

一條蜿蜒的苦行路
你出發了
從宜蘭到瀰漫煙霧的峰頂
你的雙足踩過言論禁忌的火岩石
置身於政治特權揚起的塵埃裡
你輕揉雙眼
拒絕風沙與封殺
跨越省議會的官僚山頭
站在霧峰
你俯望腳邊的一縷清泉

一條岔開的苦行路
你進入了
從美麗島雜誌社到牢獄
蕃薯高掛在黑暗裡
化成模糊的彎月

光影線條靜默地重疊在秘密偵訊時
你全身被劃過的傷痕
他們驚恐於你的頑強與不屈
於是模仿月光，隱形的影
潛入你家中的城堡
對準你摯愛的母親
和一對年僅七歲的雙胞
強行逼出你嚎啕的淚水

一條蔓延的苦行路
你奔向了
哈佛劍橋筑波所築起的拱柱
太平洋與大西洋的雲朵
是你俯瞰的蓮花
你開始無時無刻地閉關
極端沈默在圖書館與人群當中
風與霜侵襲你的臉孔
噴泉、花朵、枯枝、或河流
代替你凝視自己的背和影
當你決定重新開口
已是手捧台灣共和國基本法草案和
非暴力抗爭的心的錘鍊

一千零五公里的苦行路

你實現了
從海島的北到南，西到東
斗笠撐不住日光的重量
太陽壓著你的肩膀
焚灼的皮膚屑脫落
伴隨落葉紛飛
從夏暑走到秋涼
一群苦行者張開腳掌觸擊地殼的神經
地底迅速傳導熱度
從雙足到手掌到傳單
核四公投的紙張有和你一樣的體溫

一條眼前浮現的喜樂之路
你看見了
日光穿越縫隙
萬頭被你的雙手牽動
黨主席帶領群眾尋找千禧的太陽
一步一步走出黑森林
當歡呼聲四起
綠色的樹葉鋪滿天空
遮蓋藍色的雲朵
路又再度分歧——
這次，你選擇人煙稀少的道路

那裡有慈悲的竹林

後記：2014 年 4 月，林義雄老師（我這樣稱呼他）心意甚堅，以絕食方式抗議核四的可能續建，不惜可能賭出自己的生命。在信義路的長老教會，排著長長的隊伍，一個一個進去獻上祝福給在裡面絕食的他，當時他的身體已經相當虛弱，大家擔心他的身體是否還能抵抗日益流失能量的光陰與龐大的核四巨獸。我從長老教會走出時，幾乎難過得不知道自己能做些什麼。回家後找出舊檔案的這首詩，寄給一些好友。重讀此詩，我再度回到當年那個三十出頭的自己與林義雄老師初次見面的情景。在台灣的政治人物中，林義雄老師是我最景仰的典範。剛從美國回國任教時，就參加了林義雄老師組成的「反核四運動」，之後他邀我參加某個致力於文化傳承的基金會，好幾次開會，他閃耀的容光，總穿透我張大的眼睛。2000 年他得知獲頒和平扶輪社的「和平成就獎」後，希望我能擔任頒獎典禮的主持人，在 12 月 1 日的典禮上我朗誦這首詩，獻給我所尊敬的智慧政治家。寫這首詩時，數度眼眶泛紅，停筆良久，總是把淚水擦去，繼續書寫。

2003 年，我在哈佛大學擔任訪問學者，想到他也曾停留於哈佛大學，寫了幾封信給他，每次都收到他溫暖的回音。看到他親筆寫的字跡，那樣的慰藉，如今餘溫猶存。

# 921 大地震兩週年詩想

## 一。震鯨　2001-07-28

成群巨鯨展開胸鰭　驚覺宇宙逆轉
垂直浮升望向星斗　眼後大橢圓形白斑——
黑暗中的不眠巨眸　窺見天地異象的倒數計時

野溪胸膛瞬間鼓起　山腹攪動鬼魅幽鳴
泉水動脈凝止靜脈噴出　流木石頭摩擦溪床
清水變濁 濁水還清　樹根龜裂葉片紛飛
枝幹低吟風的韻母　山豬的捲舌音呼嚎

雷光為黑暗山巒　鑲上巨鑽
閃電打擊　沈睡烏雲
野溪被火花驚嚇　洪峰流量驟減
噴砂鬆弛　土地竄動
水柱長高俯視　變低的井水

鯨鬚顫抖
高頻摩擦音　相互傳訊
彎曲背脊模仿上弦月
攜帶喉嚨深處的陀螺
奔向天際　旋轉下墜

氣孔衝出鼻音渦漩　唇線爆破嘴角
巨鯨高速潛行　尾鰭攜帶移動的山群

忽然側身翻滾　海嘯將鼻鳴拋向月蝕

白色巨鯨再度浮窺
數千年來巡邏太平洋
眼之神向晃動的星辰訴說
他們預知島嶼的提升與沈淪

## 二。朗讀一首被精確數字塞滿的詩

2001-07-18

朗讀一首被精確數字塞滿的詩
白絲帶將舌尖打結

躺在太平洋的巨鯨
聲波迴舞偵測
菲律賓板塊的船身
從右後方撞擊鯨腹
歐亞板塊的眠床

皮膚磨蹭那片岩石船體
體內血脈升起有感震浪
追隨船首浪花翻身仰游
921　1 時 47 分
0921 的傳呼被巨鯨
雲霧爆炸的噴氣吹散

芮氏 7.3 的腰力

沿車籠埔的曲線至豐原
斷層肌肉的急遽轉彎
把東勢的肚臍
從鯨肚抬高 8 公尺

朗讀一首被精確數字塞滿的詩
黑絲帶將舌根打結

虎鯨扭體
9 份 2 山的那 1 夜
背脊的客家聚落滑向懸崖深谷
三百水鹿瞬間殞墜
翻滾於千萬立方的土石流
兩百多公頃的亂石崩雲

烏牛瞬間從黑暗海洋下沈
99 隻小虎鯨浮出背鰭
變成月光下搖晃的群山

閱讀一首被數字塞滿的詩

**「烏牛」為小虎鯨的台灣俗名，可能數百隻一起出遊。台語的「地牛翻身」為地震之意。

## 三。921，台北觀點　2001-07-22

「詩人」努力尋找形容詞描述
未曾親眼目睹的畫面

從年少起憂愁就注定比別人加倍
超越字典的成語與陳腔
堆積文字密碼　建築朦朧
霧裡造塔的不尋常
夢中尋字千百回的不悔

苦心經營的名詞
魂飛魄散中忽然得到感應
驚奇的意象跳脫神的手掌
包裝成不著痕跡的隱喻
最好將說理壓入筆套
因為，似乎，暗喻優於明喻
詩人宣告這是直覺

瑟縮的介系詞和連接詞
密藏在詩人的潛意識
重複壓抑——別用得冗贅
能省則省
否則評論家尖筆批示
缺乏精鍊的文字
分段的散文

謬思的贈與
神魂顛倒地追索
抓到一個冰冷的副詞
尾隨於失去靈魂的動詞

詩人接到主編的催促電話：
「救災，一樣不落人後」
午夜截稿
如同過往
抒情詩最後一字
未標上句點

## 四。屋裡的圖像詩　2001-07-20

如果寫一首地震的圖像詩
題目訂為道路
畫面上只看見首和足
道砍去了部首
路遺失了偏旁
再以電腦排版將首和足散滿視窗
自我麻醉讀者可以想像浩劫後截斷的道路
只剩下殘破的肢體

未來的詩集增多一首詩
詩壇累積一首圖像詩
佔據副刊一角
大眾和以前一樣不讀詩
災民仍露宿在帳棚下
寫圖像詩的人依舊躲在屋裡

## 五。精神科門診檔案　2001-07-16

他住在山坡地
數十年的積蓄
貸款買公寓的二十幾坪地

你聽我說！
捷運自動門瞬間夾住我的睫毛
高速公路瓦斯桶噴泉迎向我的眼皮
列車交會我的鼻子忽然黏在火車頭上

施工的怪手從摩天大樓自由落體我仰頭乍見慧星光速掉入嘴巴對面
超速的砂石車滑過雙黃線我的瞳孔彈出覆蓋天空的土石流
停電的電梯裡兩位戴太陽眼鏡的陌生人正拿出鑽石刀對準我的肚臍
公車專用道旁忽然兩隻手從背後將我的頭當成籃球射中等候的巴士
我開始相信腦中被植入晶片警覺幽浮變形機器控制地球的一舉一動

他住在山坡地
每天都感覺後院的檔土牆
伸出手臂
繼續晃動他家的積蓄

後記：百年巨災，921 地震曾翻天覆地摧毀無數家園，烙印全民驚懼的深刻記憶。詩歌總能在驚恐後，撫慰著哀傷沈痛之心，以詩句召喚療癒。2001 年我策劃大地震 2 週年的詩專輯《震鯨：九二一大地震二週年紀念詩專輯》，集結了女鯨詩社十二位女詩人譜寫對災變的感受、心靈感觸、反省人與自然和生態的糾葛等詩創作。這組組詩收錄於內，激盪著我對這個百年災變的一份哀悼、追思與反省。

## 我們的雙手撐起一片紫色的天空——送給女權會十週年紀念

2005-04-02

我們的雙手撐起一片紫色的天空
那原本屬於女性溫柔的
宇宙畫布

紫色因紅色和藍色調和渲染而生
雙重軌道的光蘊 / 光韻
紅色脈流注入女性權益的推手
以出生於本土的草和根
編織藍色天空的花籃

走進我們所構築的城堡
於是，家庭暴力的血漬被我們擦乾
健康專線留下手的熱度
青少女性教育將含苞的紅玫瑰盡情綻放
而無懼於風 / 蜂的銳利
自覺團體解開鬱悶的藍色背後的美貌神話
和關於缺乏自信的憂傷

我們也積極走出那堅固的圍牆
探索女人紅色的最高機房——
抵抗財團的怪手深入健保
我們還要狂歌一曲
當我們倦了，仰望天空

我們知道，那些造成婦女痛苦的藍色檔案
正準備被修改民法親屬篇的筆所塗抹
藍色再度渲染，奔向紅色的光陰 / 光音

當我們回到那只有廚房的歲月
光亮的腮紅映照阿媽和阿母的青春
生命的流光從眉心掃向兩頰
牽出一首又一首屬於她們畫版
的自畫像，透過嘴角不停地訴說
故事裡的線條
向天空寬闊延展

終於我們瞭解
老年婦女照顧是對她們歲月的補妝
將她們的身形塗上鮮豔的色調
最後紅與藍再度以絕美的比例
化作純粹的紫

看過去宇宙都是紫色——
女人的雙手用力撐起的一片天空

後記：在風起雲湧的年代，社運團體紛紛扮演推動社會進步的角色，「台北市女性權益促進會」（簡稱女權會）在婦女意識逐漸抬頭，台灣進入一個轉捩點的年代，適時地成立於 1994 年 2 月 5 日，又稱「紫色姊妹協會」。幸運地，我擔任創會的首任理事長。為了建立特色，標榜以本土草根為訴求，化身為第一個強調本土定位與行動組織力量的婦女團體。

重新建構台灣婦女史，才能譜寫婦女運動的高音，女權會將主力置於推動阿媽與阿母的故事書寫與收集，策劃女性口述歷史的課程。另於兩性教育、婦女健康、性教育推廣、老年女性健康照護、社區婦女支援等提昇婦女權益的工作上著力甚多。

本詩寫於女權會十週年紀念之日，在紀念會上朗讀，企盼串起女權會過往辛勤留下的、充滿紫色榮光的一頁璀璨。

## 畫筆藏著星光，海王式地，明滅

### 一。靜物素描

老師說要畫桌上那串香
蕉與幾顆蘋
果時
同學們都唉了一聲

潛意識裡發出訊息：
多無聊啊，可不可以畫些新
鮮的玩意兒？

香　蕉與蘋　果　肯定聽見了
善於辨識人類的
臉部表情
無言的抗議從宇宙的波
動傳來
水果的忿怒，齜牙咧
嘴
香蕉長出瑞士
刀
蘋果的梗流出武士刀的銳
光

於是，我們的手癱
軟，各種硬度的 H 與 B 鉛筆洩漏軟

弱，滿身的憔悴和一臉的錯
愕，無法接招眼前的兩把利
器，狐疑的光影在迷濛的空間曖昧對
峙

突然，一道靈光
潛意識重新發出訊號：
啊，令人垂涎的可口水果，
彼此不侵
匇。
親
吻彼此才是我們的慾求

頓時那兩把尖刀縮回體內
閃光穿過水果皮

「哇，超級閃亮的植物神祇
今天你們可要掌握好光的表現了。」

那整盒鉛筆的心臟鬆了口氣
無法餓止 / 遏止的笑從嘴角獵開 / 裂開

## 二。翻開某書，某一頁，最後一行

一切想像從那裡開始

「夫人，查德利祖父說，『你跟我不算朋友。』」
——《木星的衛星》by Alice Munro，第二十一頁最後一行

（嘆息調）
**當然，比朋友還承受多些**
**在橄欖樹上折下一片樹葉，**
**沾在唇上丟向我，給我一個暗示**
**沒有任何理由，即使傷了我的眼睛**

眼裡有一隻鳥，正準備飛出
卻被樹枝拌住，腳上有緞帶，彩虹色的，
七彩中少了紫色，跑到哪裡去了？
被彩帶圈了起來，在第七葉的葉脈上，
流動著，向四面八方
如果我可以命名，也許是隻貓的瞳孔
散出了紫色的光，樹上有一條蟲，
從那裡摔了下來，撞倒地上的狐狸
那隻狐狸正往上看說：「你不是我的朋友嗎？」

傷了眼睛心跟著痛

（詠歎調）
確實，比朋友還承擔多些
飛越到地平線的另一端
有隻老鷹對著青色的天空呼嘯了一聲
其他的樹葉跟著落下
尋找一條弧線，可以在天空畫出疆界

即使是一種顏色都好，沒有的話我可以借你
從電話亭那邊擷取下來的，電線還在搖晃
跳出一隻躲藏在裡面的狗，潮濕的家書，銜在嘴裡
想找到主人，只有風的呼嘯，
但我借給你一些顏色，把家書鑲上色彩，
破碎了以後依舊可以從地上撿起
片狀的回憶裡有新的包裝，櫻花色的，
沾了幾片灰塵，和新春的污泥。

你我不算是朋友，是彼此的生命風景
在橄欖樹下吶喊，手拿橄欖枝
我們是否能將回憶沾上青春的唾液，
讓嘴角逐漸重新回甘？

後記：一本書朝我的方向甩過來，像一架飛機，滑翔降落在眼前的桌上。書顫抖喘息著，書名《木星的衛星》猶如機翼在風消逝中逐漸穩定下來。啊，是諾貝爾文學獎得主 Alice Munro 的書。「一人一本，拿到書後每人都必須翻到某一頁，看那一頁的的最後一行字，接著必須開始不用頭腦，從那一行字直覺聯想，拼命寫下文字，直到老師說『停』為止！」繪畫老師飆著高分貝嗓音，對台下的學生說話。為了開發畫的想像力，他用盡了各種詩意的教法。接下來的五分鐘，刻意進入「起乩」的瘋狂狀態，我讓自己的手抽離我，那枝筆像划入新世界的扁舟，開始漂流在一個未知的大海，忽然間，被一聲洪鐘般的聲音「停！」叫醒，那枝筆已經在行雲的筆跡間滑出了許多文字的波紋。回家後，趁記憶猶新，加了幾行詩句潤飾，原來的句子以仿宋體保留，重現當時的直覺。

## 三。童・心・圓・畫・筆

### 1。只要有蘋果・就可佛・陀・

隨時可・插入蘋果
圓與橢圓的・連續體
紅色與鄰近色的・各種組合
圓嘟嘟的身軀・大家都叫好

第一顆蘋果・佛陀的右上眼瞼
第二顆的任務・左上對稱的效果
躲在後方的第三顆・模擬佛陀頭頂的釋迦
三顆蘋果・交界處
還要加上・一顆小型的蘋果充當硃砂——
痣・智・稚・緻・幟

左右眼瞼・微閉的眼睛
中間建築・挺直的鼻角
往下沒忘記・微笑嘴唇的橋樑

啊・全然的・直・覺
塗鴉・出・佛—陀—慈—悲—的
容・榮・融・嶸顏
圓・原・源・緣的世界

## 2。圓・原・源・緣

瘋狂揮動畫筆 無數的畫圓，
終於理解同音字背後
共享的形上意義

西方幾何圖形最基本的圓
保羅塞尚的信念：
我的一生都在追尋由圓　圓錐體
圓柱體　構築的世界

即使颱風狂肆進擊
圓的方式旋轉再旋轉
訴說人類摧毀式美學
如何讓思考歸回原點
即使最安靜的颱風眼
也能在殘酷的風暴中體會動與靜
全然同在

東方從起點回到原點
圓滿中 S 切割劃分陰陽
各含另一個圓
原初的宇宙相容相融

滿月的圓掀起情緒的漲潮
上弦月與下弦月輪迴交替
即使懷裡擁住了月亮
依舊在我們心臟前變形
直到上下弦月再度相容
相融成圓

人事地物本是 同源
龐大宇宙共享的 一，益，易，亦體

Oneness 宇宙大爆炸開始從未分離
O--Neness O 與圓早已透過文字模擬

佛經的緣起因苗種成熟
緣滅因時機改變
聖經的生命有定時
栽種拔除皆有定時

等待東西方的天空 同時都擁有彩虹！
狂風暴雨過後　在那一剎那
彩虹與倒影間連起了生命的圓

已經用畫筆畫了　數千萬年的圓
為了緣　每一次圓的重新到來

## 攝・影—對愛情提問

1。

你的黑影強入我腦海的暗房 / 岸防

租借期是永久？

2。

你的光影躲藏在我的口袋

攝住我強烈的心跳？

3。

影子，你一直漂移

我的船身 / 床深怎能攝住你？

4。

我眼裡的快門與光圈都在爭奪

你飄忽游移的心影 / 新穎？

5。

你的黑影溜進我白眼中

因思念怖滿的血絲 / 寫撕？

6。

只能用自動對焦

瞄準你沒有回頭的背 / 憊影？

7。

每個瞬間光影與死亡

從我們的瞳孔 / 恐進出？

8。

已經對焦你的靈魂

但靈魂又從鏡頭的眼睛偷偷出竅？

9。

快門的速度調到最高

仍無法捕住 / 補助一滴淚水的軌跡？

10。

一粒風沙 / 瘋煞逼我的瞳孔

擠出你不屈服的影子？

## 辦公室附近・微感動

1.

剛抽出鑰匙
一隻蝶飛過來
停在鑰匙孔

繼續振翅
穩穩靠著車子的那條溝

2.

辦公室門口那株琉球松
百年的樹皮
多少人曾用手撫觸
訴說內心的秘密？

秘密回彈撞擊我的掌心
堅持要帶我去看
另一批同種的琉球松
在花蓮澎湃的岸邊

那裡的琉球松曾陪伴一群少年
準備他們最後的一頁 / 一夜
酒與歌聲滑入酒杯
等待神風特攻把他們的骨灰
灑在太平洋的海上
再逐日漂流回去故鄉

少年們的聲音纏繞太平洋的岩石
辦公室前的琉球松
聽見了顫抖的軍歌音符

從琉球越過太平洋
從島到島
從帝國大學到此刻
辦公室前庭的松針葉
對著遠方傳來的歌聲
眨了眨眼睛說：我知道

3.
夕陽一直看著我
不知道我偷走他
半個小時
放在胸口
傾聽他的心跳

然後放生般
把他像小鳥從我的手指
推向天空

4.
走進校園裡人類學博物館

想像敲擊感官

一隻雲豹
在爵士鼓上休息

上一場表演的熱度
還微微顫動鼓皮
召喚了皮所屬的動物靈魂
溜進雲豹的夢裡

走入另個房間

看見熊站在一張版畫前
眼睛沒有轉動

旁邊另一隻熊靠過去
驚覺版畫裡有兩隻熊
是他們的倒影

十九世紀台灣叢林的
黑熊出沒

# 書房・偷到的私語

## 一。桌上暗語？

削鉛筆機
總是滿載著鉛筆屑

總想著下一次
再倒
鉛筆越削越鈍了
用他的鈍
暗示時光
流
逝

桌上那把剪刀
一直未收入抽屜
隨時有信件來
即可打開

剪刀的尖銳
似乎很張揚
總在那裡
暗示著什麼
神秘地
被剪開的東西

能親身體會

## 二。桌旁玄機？

父親的字跡
出現在牛皮紙袋上
寄來的文件已經過時
依舊放在書桌旁
聽著字跡
看見父親叮嚀的聲音

落地的電風扇
今年夏天
特別賣力
他知道我不願開冷氣
立秋那天
我聽到風扇的喘息

牆邊一幅畫
流淌瓶子和沙
畫有些傾
斜
地震後
從未調整回來

沙因為傾斜
永恆地流動

畫下面
牆壁的裂痕
像是空中攝影下的
河流

## 三。水的呼喚？

渴了
該喝水了
水
已經在那裡等候
多時
他比我們的身體
更體貼
桌旁還有半顆木瓜
進了肚子後
變成木瓜果汁

靈感枯乾時喝杯水
唾液拉起
另一波 的流動

每次見面
好幾次送你高貴的鋼筆

堅硬的筆尖
是要你寫下
生命中的剛強

而脆弱從墨水裡
流
出

## 四。綠燈亮了

電腦前
屬於你的綠燈亮了
那一剎那
祝福你永遠亮著

總是多看一眼
青蛙王子的大眼睛
無辜的眼神
清純的眼光
初戀的驚喜

繼續看著電腦裡
那個綠燈
心中彷彿看到
天使稍來一季的春芽

## 五。發呆催出意義？

淚珠可以是
三角形嗎

啊，
下
墜的
那一瞬間

很少一片落葉
正好掉在頭上
插在髮梢裡
每天世界上有多少落葉
仍相信
好事情的機率

寫作永遠可以繼續
枯竭時，到谷歌 Google 隨機找

義大利歌劇
聯到愛情靈藥
雨果 Hugo
聯到鐘樓怪人 Hunchback
和他不凡的
鐘 clock
愛 love

## 內在小孩的呼喚與變奏：讓我自～己～

一。

媽媽，讓我自己
煎一顆　荷～包蛋
蠟～筆塗鴉　兩個圓
抹上金黃　強調深淺對比

媽媽，讓我自己
手指在紙上　快樂混色前進後退
厚實滑溜的　荷～包蛋
可以摸聞嚐看
還可聽見蛋～黃的　動　跳

不必像妳在油～煙下
臉燻得　熱～紅
荷～包蛋還變成
球～海豚和鯨
在海裡嬉戲
熊的眼睛
浪裡 閃 .. 閃 .. 發 .. 亮 .. 呢

爸爸，讓我自己
種一棵　奇幻樹
上面住各種　昆蟲
大小的動物　穿梭

爸爸，讓我自己
蓋棟樹屋　樹幹裡面的房間
他們的旅館　旅程的休息站
每瓣葉子在夜晚　掛上燈籠
夜歸的房客　不會找不到住所

爸爸，讓我自己
打造樹旅館
房間的門號是昆蟲的歌聲
我今晚要住進　蟬的房間
傾聽夏夜的　沁涼
你今晚決定按蟋蟀的門鈴嗎？

二。
媽媽，讓我自己
撐把小傘　小雨來時在傘下裝成香菇
大雨侵襲時傘上的草莓　水的滋養更加紅潤

爸爸，讓我自己
擁有一個　私人的郵筒

朋友的秘密　都可寄到這裡
信裡的字會　自動消失
秘密可以　永遠守住

生氣失望時　也可以寫下心情
投到裡面　那裡會有吸去情緒的力量
當我重新打開郵筒　信的重量已經減輕

媽媽，讓我自己
大太陽來時可以在傘下　變出各種奇特的陰影
陰天時我的傘　變成阿媽的枴杖
一起走過那條　滑溜的小溪

爸爸，讓我自己
擁有一個　萬能的郵筒
不會寫信的人　投入空白紙張
再打開後　裡面已有文字
郵筒還配合你　針對寄信的對象
用不同的　口氣

媽媽，
暴雨過境　小傘如果飛了出去
撿起的人會　繼續傳遞這把畫滿心形的傘
無風無雨時　小傘隨時等待
下一次張開的剎那　手臂高舉歡呼的心情

爸爸，
猜猜看是否　我在郵筒裡面
裝了一隻經過設計的手？

三。

爸爸，讓我自己
一個人獨自悲傷
眼睛因哭泣　變成熊貓的時刻
需要沒人打擾
熊貓眼睛會逐漸恢復為
閃亮的　褐色貓眼

媽媽，讓我自己
一個人　獨自生氣
因暴怒變成　鬥雞眼 的時刻
不喜歡　別人敲門
鬥雞眼會　逐漸對著黑暗
調整到　最佳的角度
在打開　燈光的剎那
瞳孔 Bu-Ling-Bu-Ling

爸爸，讓我自己
一個人獨自　玩電腦遊戲
因專注　變成四隻眼睛的田雞
不歡迎　任何關心
四隻眼睛　望出的世界
比兩隻眼睛在夢裡　看到更多彩色
明早醒來時　因足夠的休息
兩隻多出來的　眼睛
早已在夢裡　向我告別
他們還有　別的任務
專門找尋那些　夜晚不睡的孩童

要給他們　一點教訓呢

四。

爸爸，讓我自己
每天作點不一樣的　夢想
當總統可以　宣布
中午開始上課 下午三點下課
當校長可以讓大家　不必寫作業
當老師可以不要　罰寫 100 遍

當科學家可以　發明一種晶片
裝在頭上就可　說各種語言
當企業家研發一種　專利的紙張
不必再砍　任何一顆樹
摸起來和紙的觸感一樣　也沒環保疑慮

當畫家可用神奇筆　讓畫面成真
一隻在陸地上　可以呼吸的魚
白天會說童話故事的　貓頭鷹
晚上會與我　遊戲的海豚
一隻在夢裡給每人熊抱的北極熊
一個讓大家都歡笑的　天空動物園
只要抬頭可以　看得見

當作家寫出還未　被寫出的故事
當歌手傳遞訊息　到世界每個角落
寫一首歌叫：「讓我自己」

準時送到你們家的　空中信箱

五。

媽媽，讓我自己

製作一座溜滑梯　盡頭的那端是星空

降落的時刻很隨機

遇見天狼星時　一群狼列隊歡迎

遇見金牛星時　想請牧童唱歌

如果是天蠍　請不要夾到我的腳

巨蟹會展開雙臂　請我進入他的家

也要拜託雙魚　不要以相反方向拉我

盡頭的那端　一所森林學校

熊教授教導　如何夜間出擊

鳥教練訓練　喉嚨的保養

鸚鵡同學不斷呼喊　我秘密的小名

莽蛇訓導　擅長強化膽量

樹懶導覽員當場　示範如何慢活

還要模擬各種　蟲的爬行

盡頭的那一端　草本烹飪學校

向日葵幫忙　接受日光滋潤湯頭

玫瑰努力　讓菜色變得瑰麗

松樹引來神秘氛圍　舌尖的出神

鬱金香說　也要參一腳

搖曳的身姿　倒映在晃動的湯裡

榕樹摘下長鬚　攪拌正在熱滾的汁液

8 字形的旋轉　象徵無限
銀杏的金黃灑下　最後一道色澤
觀者的眼睛享受湯裡　自己閃爍的容顏
哇，捧出來第一道　熱騰騰的湯
媽媽，
盡頭的那一端　我隨時降落

六。
爸爸，讓我自己
獨自搭一次不同公車路線
偷看其他小孩在做什麼玩意
低頭玩什麼　遊戲
在打什麼　電動
窗外有我以前沒看過的　街景
全都這麼　新奇
為了學習更多中文　注意每家商店的店名
路上的行人變小　看到某家店在賣水族箱
想起小時候養的魚　最後放回溪流

爸爸和媽媽，讓我自己
寫完　這首童詩
寫出湧現的心情　描寫出想像的畫面

邀約螞蟻可以聞到　童詩裡埋藏的味道
他們搬走我的字　排成一座螞蟻窩

屁股痛了　在中途某一站下車

繼續搭上另一班　沒搭過的公車
要在一天 藉著公車環遊居住的城市
真正認識　心中美好的地方
望出去時　天空都是詩句
邀約天空的鳥　讀出詩的五線譜
轉化成歌聲　散在雲堆
在電腦裡看到　所有上網的人
都穿越詩　串起的雲端

最後一站　會到哪裡？
下了車後　我拿出筆記
寫下站名　回家後 google 那個地區的歷史
這樣　我會交出最棒的暑假作業

也邀請海上的鯨魚
用獨特的頻率　唱出詩歌的旋律
在海上跳躍著　詩的節奏
上網衝浪的人們　乘著詩的浪頭
織成一片　歌聲的連網
那是我自己寫出的　最特殊的光
童稚的海浪

# ■三部曲：白日夢到達的彼方

## 整個海洋的大翅鯨都在唱我寫的情歌

我搭上裝了鯨魚歌聲的車廂
忘記出站，與你重逢

沾去最後一滴墨水，尚未在歌詞劃下句點
但我從不驚恐，在空白上書寫，是我的強項

最深層的話語寫在夢的活頁紙裡
那是用綠色的葉片串起來的沙沙聲
讓你誤以為是筆尖的流動
為了這個錯覺，我需要你的諒解

在夢裡呼喊，你終究是聽見了
從遠方乘坐快速列車來，但無法久留
總是匆匆的瞥了我幾眼，然後連眼神也溜掉了
當我要再次呼叫，喉嚨已經鎖住
粗糙的音質在宇宙中無法共鳴
再次拿起夢裡的信紙，那裡的墨水永遠
還有下一滴，用銀杏葉串起來的字句閃閃發亮
或是，在櫻花樹下撿到的花瓣
也是粉紅色的，到秋季的楓葉，竟然也是那麼
火熱地在叫喊著。

搭上一列彩繪火車，上面畫滿飛越的鯨魚
大翅鯨隨時都在歌唱，知道你在某個花園等待
每個人都下了裝了鯨魚歌聲的車，但我依舊望著窗外

感覺還未到海的那一邊，司機喚醒我，以經是深冬的海域
冰冷的空氣，再次走入夢裡的花園，你已經離去

繪本上說有隻熊，得到一枝筆，可以畫出任何
想要的東西，於是我也準備了一枝畫筆，在紙上
引領我至某個鯨魚會唱歌的國度
不需要任何墨水，海洋裡已經澎湃著各種洶湧

千萬隻可以容納整個公園的大翅鯨停止他的歌聲
靜靜聆聽我的筆尖裡流出的新鮮歌詞
據說大翅鯨喜歡新鮮的流行曲式
海的墨水寫出了整首情歌，要讓
整個海洋的鯨魚都來唱頌

既使在夢裡，都會傳到你的耳朵裡
你張開了雙眼，問我，「我來到這個
你所居住的島嶼了嗎？」

## 我縱身一躍，降落到～～

～～啊，原始森林
女人搖晃乳頭
上面沾著的碎葉和小昆蟲
為男人下半身的韻律伴奏
那裡跳躍著野草與野花香的水調歌頭

～～嘿嘿，原始濕地
女人抖動三角洲上的風
體毛倒映潮濕的土地與天空
拍打男人突起的骨骼與胸膛
胸毛與腋毛在泥土裡飄蕩

～～喔喔喔，原始海洋
女人散開髮絲，裝飾珊瑚的光暈
毛髮與乳房在海光裡陪伴魚群
男人推開四肢，充當月夜下的船槳
滑進女人腋下的港灣

～～呼，現代森林
有人追逐飄忽的豹，在太陽下閃爍的皮
瞄準奔跑的麋鹿，風裡夢幻的角
以槍桿對準大象，天空下潔白的牙

～～嗚嗚，現代濕地

有人穿過望遠鏡 捕捉黑面琵鷺的眼神
即將絕種前的 最後一瞥的道別
濕地被賤價買下，對抗環保的想望
地目突然變更，高樓大廈在冷風中搖晃
牆壁上滿是黑面琵鷺彩繪，說是記憶的憑弔

～～唉呀呀，現代海洋
捕鯨船追隨浪頭 浮沉的巨鯨
昂揚的海鮮餐廳價位
有人舌尖挑起海浪，緩慢品嚐這款滲出的鮮味
嘴唇爭相讚嘆，是否還能在奔騰的愛之船
重溫這般 全然的舌頭翻浪體會

～～哇呼哇呼，神話裡的海島
一隻美人魚 遞出她能捕捉風雲和海鳥
的歌聲，和女巫交換
可以登陸的雙足，只為見到
讓她心跳越出胸口的王子
喔吔喔吔，我沈睡在鯨魚的臂彎
想像自己聽見女巫的催眠
還有少女無盡企盼的容顏

之後，再度縱身一躍～～～～

## 憶想 / 異想京都

### 一。玫瑰硃砂痣　2005-11-14

我聽到名字叫做聲音的他在我耳邊輕語：
「稱頌觀世音菩薩的名號」

那麼我如何召喚一尊手上握有玫瑰的菩薩？

「觀想玫瑰泣血　研磨那一身鮮紅花瓣
烙印成觀音眉心中間的硃砂痣
第千顆眼睛

祂用生生世世的玫瑰血超度眾生
以藝伎之身　渡化淪陷於飢渴而病的男人
以武士形體　解脫無法消去寂寞的女人
祂向日益枯乾的驅體微笑　祂旋轉的腰畫出太極

千手 / 牽手
觀
因呼吸急促　躁動的雙峰
因慾念茁壯的根與莖
因眈美盛開的花瓣
因悸動熟透的紅桃

第一千隻眼　射出祂的召喚
每一眼長出　一朵玫瑰

千朵玫瑰射出　祂的召喚
由海底從上升　穿越丹田
越過臍溝　太陽神經叢林
心輪海岸　咽喉脈動
進駐到你的　眉浪深處
就在那裡定居吧
你的千手千眼　在自己的眉心
上面烙印玫瑰的血所鍊金的紅硃砂痣」

「觀世音有酒窩嗎？」

後記：異國的時日，總是滿載生命撞擊後的驚喜。2013 年的 2 月 14 日至 8 月 13 日的光陰流動裡，我化身京都大學的訪問學者，在京都漫遊半年。經常就在京都街道的某種轉角處，停下來欣賞街道與寺廟的容顏，剎那間幾個小時就在步履間消逝。最熱愛的「三十三間堂」，多次拜訪，流連徘徊，目光難以離去。裡面矗立細緻的 1000 尊觀音像，加上一尊帶著慈悲容顏的大型觀音，共 1001 尊，成為傲視世上記錄，擁有最多觀音像的寺廟。細看每尊雕像的高矮、表情都擁有微妙差異，氣勢磅礴的景象迴盪在號稱日本最長的寺廟長廊裡。寫此詩時，當時正進行《玫瑰の心經》的系列創作，沒想到八年後，竟然可以目睹 1001 尊千手千眼觀音的壯觀奇景。每回離去，總想望著下次的重訪，那是自己的心靈故鄉？

## 二。給我一口水，沾濕嘴唇 --- 靜觀京都庭園枯山水

給我一口井水，從你的嘴唇來的
乾枯的唇辦，渴望汲水，灌溉嘴裡的～田

甜，舌頭遺忘的，從唾液裡來，去，
必須流到喉嚨，讓語言可以重新傾～訴

夙，願，要能夠被頌念，從純粹的心
在呼吸間，上下穿越宇宙的銀～河

荷，葉，綻放在胸口的花園池塘
水波裡映照，含著太陽火焰的金～魚

娛，樂，味道能在腹部緩緩，精緻品嚐
發酵過的甘醇溫暖了一個冬季的腸～胃

畏，和懼，最會在不經意處，襲擊耗神的腎
靜靜，傾聽，看見，什麼掀開了潛藏的巨——痛

慟，哀與唉所有的，經歷過的創傷
每次的分離與悲歎壓進了不會言語的子宮

弓，拉到恰好，箭飛出的剎那，忘記鏢靶，
「颼」聲射中標的，卵巢裡，誕生了新生的胎兒

## 三。那把火，千年來迎接無常的熱

A ～聽，從遠方來，滴水的聲音
Ri ～緩慢地，穿透山的千年神木與巨石，滴滴
Ga ～清苔知曉時間的刻度存在小水滴裡

Do ～看，火焰的聲音，就在眼前
U ～快速地，跳躍在寺廟樑柱的陰影，霹靂啪啦
火爐見證這把火已持續千年

あ～每一次閃爍，以為可能會自動熄滅，打暗那面牆
り～每一次開山門吹進的風，以為可能滅掉跳動的影像
が～每一次信徒經過的擾動，以為可能澆熄火的聲響

ど～一閃一爍，在夜晚更加明亮
う～風，幫助火影映襯火焰的熾熱樣
多一次膜拜，火光的純度搖曳在合掌

A ～ Ri ～ Ga ～ Do ～ u ～
あ～り～が～ど～う～

A ～聽，風吹雪，櫻花在火爐前飄過
Ri ～花瓣重新聚集成盛開的花朵
Ga ～瓣片盤旋空中俯瞰爐火
Do ～火光點亮櫻花穿越的歷史過往
U ～曾經有過的笑容與淚水迷惘

あ～多看幾回風吹雪讓全身黏滿花瓣
り～明天整片櫻花海可能只留下綠色枝幹
が～天空將寫下不同的企盼
ど～風，幫助櫻花展開花瓣的翅膀
う～多一次仰望，花色的純度搖曳在合掌

A ～ Ri ～ Ga ～ Do ～ u ～
あ～り～が～ど～う～

共同熔於千年的火餤 / 宴　鑄鍊的溫度
無盡的路途
あ～り～が～ど～う～

## 四。剎那如實波動如實：異鄉早餐

飢餓的肚子
在冬季的節氣
小寒的早上九點

剎那從冰箱裡被請了出來，
豆漿凍住了
整個大磁碗，
冷眼旁觀的腰果
也緊縮身體
他們的心都還在
顫抖

剎那櫃子裡乾燥的枸杞深紅色的，
還有媽媽寄來的
炒過的糙米同時呼喊著：
我們在這裡
心比誰都要
溫暖

剎那需同時把你們放入
電鍋裡蒸熱
稱做被糙米包圍枸杞擁抱腰果親吻的
豆漿

剎那要拿出腦海照相機，
設定光圈優先
捕捉你們加溫前的容顏
然後給我一個回應，
冬瓜甜不甜？

before and after
十分鐘後，
剎那要再記錄一次你們
發熱的容顏
與心火的灼燒

如果，改成快門優先
熱騰騰出爐的剎那
紀錄枸杞豆漿的紅蘊，
熱騰翻湧

聽，融入豆漿裡的糙米低音
母親的叮嚀與呼喚
剎那母親的手影搖晃

剎那如實波動如實

心的韻律
我聽見了自己的心跳在
剎那枸杞糙米腰果特製的豆漿上

** 據說一念有九個「那」，一「那」有九百「生滅」，一「那」等於 0.013 秒，一「生滅」等於 0.000014 秒。寫這首詩時，腦海中出現無限剎那的母親身影。

## 五。躲：異鄉夜夢

在透明的電話亭裡躲自己的裸體
路人都朝這邊看過來
比原來的赤裸還要赤裸
乳頭會反光
連眼神都沒穿衣
玻璃把下面那裡的體毛都照亮了

在不透明的電話亭裡躲自己的陰影
阻絕那塊黑色在門外
別干擾我待會的期盼對話
噗通的心讀出跳動的號碼
顫抖的手指與數字交會
但零錢掉了下來，
「對不起，你撥的號碼是空號」

在廢棄的電話亭裡躲突來的暴雨
暫時看不見天空的烏雲
連雷電聲都聽起來像是伴奏

玻璃反射我黏著皮膚的胸罩
和脫去口紅顏色的容顏
轟一聲上方鐵片整個壓落下來
碎片沾滿我潮濕的髮和
睜不開的眼

在新潮的電話亭裡躲城市的喧囂
手機的電波別射到這裡
滑動的手就停請在門外
白雲滑過晴朗
可以偷窺各種戀愛中人的表情
聽窗外一輛公車經過時的從容
突然有隻狗在外面
對著我不斷狂吠
沒隔音的玻璃開始嘎嘎顫動

在彩繪的電話亭躲世俗的無聊
摸摸粉紅貓拉起紫色的鬍鬚
聞聞蘋果綠的氣球將人類送向雨後的彩虹
澄色的樟樹裡藏著歌唱的蟬
金黃色的風箏掉到樹的風景裡
突然有個小孩拉著媽媽的手
哭著說要尿尿
那個媽媽問我，可否請我出來
他們已經等了許久

在沒有門的電話亭躲自己的恐懼

只想擁有一個小角落
摸摸自己這顆被強烈撞擊的心
或是找到已經遺失的脈搏
細數還有多少心跳
可以承載收不到回音的失落
和想像出的各種焦慮
這條昏暗的街道
過了許久仍沒有其他路人踏過
意外的寧靜穿過滿是灰塵的話筒

## 依舊耽溺與執念地顫放，在阱怖的夜

抬頭仰望牆上達利時鐘
秒針每推進一步就更接近命運
滴嗒聲變得欺慄，再過 86400 秒
頭上的花瓣將帶著重量弧線下垂

在深夜，頸部昂揚
想像垂下時頸部掛著時鐘的重
努力堅持一絲力慄氣，即使垂頭
也仍維護最後的華麗尊嚴

深夜的秒針聲特別迴盪，像是回音
前進一步後退一步
融成巨響敲打我的胸口
滋潤我的水分正在分秒流失
肌膚上的黑斑悄悄在靜默中
這腥紅染上了陰影
圓狀的，蛀蟲般的啃噬華美的色澤
時而露出偷窺的喜悅，凋零是世間的定律

在深夜，警（備總）部依然昂揚
身為花后，秒針無法奪去自尊
抵抗全身即將蒼老的力道
地心引力的拉拒，充滿了蛹氣
甚至向黑夜宣戰，唯有在夢裡

時間可以凝固迴旋甚至重返

在夢裡，作為玫瑰的華美堅持爬過任何
脆弱的世間真實，全然呼出每一次心跳
為每次的絕對流下填美的眼淚
從我的咽脈裡悄悄滑下，幾乎不動聲色的
迴懸的花瓣是宇宙的獨唱
沒有其他的執物可以複製那樣的路徑

為這獗美詠歎，因而挺起了身軀，驕傲的
與黑夜的月光獨處，訴說價值可以久留
宇宙記錄了我曾憤慄
以迴轉的舞姿，和神秘的聲音共同譜曲
然後留在夢裡所有的旋律與歌詞
每一次的重逢，這首歌又再響起

在深夜，我的阱怖特別昂揚
只為了在夢裡你的耽美獸性發作
蟾綿　悱惻
與我無盡地交頸再交頸

# 玫瑰，被，巨石，擊碎時

玫瑰，被，巨——石，，擊中
從右方，撞～擊，玫瑰，依然可以，閃躲～
詭譎，優雅，調皮，回報笑容
從左方，會稍微，偏歪，依然
順著～風，方向，柔軟的謙卑

從前方，用花瓣，伸出無懼的，手掌，
接下～撞～擊的，擁抱。。
從後方，轉身腰枝，測試堅韌，，
展示，，可以迴旋的姿態，
從斜方來，更輕易，咻聲間～擦身而過
請記得玫瑰是人世間
最懂得，善用無窮 8 字舞蹈，的靈 .. 魂 .. 植 .. 物

然而巨石從上而下，全，面，壓，垮
玫，瑰的身，軀，徹～底～～扭～曲～
那是，被神喻，封印＝＝，的暗，示

情人，告別的，時刻，
用眼，眸，的神石，封，住，了，所有，，
曾，經，燒，烙，的，腳，印？

在夢裡，被壓，住，的，玫，瑰，，
偷，偷～從封，印，的，隙縫，裡

靈，魂，溜～了出，來，，
專注凝視，從天空俯，瞰，石頭與，
被～畫入，巨石中，的根莖與碎花

那樣，解，體，卻無懼的自己

## 如果，初心湧動

### 一。飛翔賜給老鷹流動的眼睛

追尋的眼睛　射出比尋常敏銳的光
閃爍的眼瞳　映照穿過的大山與湖泊
青春的風　從宇宙的八方拍打

錐形的眼睛　藏在精靈化成的老鷹
專注的明晰　盤旋往靈魂的聖殿
每片葉子都抖動著　迎接自由的降臨
飛翔賜給老鷹流動的眼睛　追隨太陽的燦光

探尋的眼睛　流淌風的路徑
神秘的風　帶來宇宙的訊息
精靈與老鷹共同擁有　青春與清澈的眼眸

探詢的眼睛　啟動風聲隱藏的秘密
所有微醒的靈魂　都開始傾聽古老的樂音
每片葉子顫動訴說　奧秘的點滴
每一次眨眼　老鷹的宇宙地圖譜寫光陰

### 二。貓頭鷹需要一盞光

貓頭鷹需要一盞光　點燃他的上眼眸
上弦月的眼瞳　夜裡滲透出璀燦

傳給貓頭鷹　靈動的呼喊

夜的歌者　彼此對唱悠遠的情歌
風攜帶光點　請螢火蟲傳遞愛的語言
夜的足音　所有的葉脈以心跳打拍
貓頭鷹與精靈和鳴　伴奏上弦月波動的眼

貓頭鷹需要一盞光　點燃他的下眼眸
下弦月的眼瞳　妝點驟雨般的流光
需要光的精靈　幫沈睡的蟲揉眼

這森林已經點燃　各種光源的遨翔
貫穿夜的彩虹　架起波動的橋樑
更多的星星　滑入貓頭鷹的眼睛
於是上下弦月　開始互換樂音的眼波

## 三。用族語譜寫蛇頭的顫音

百合吐出顫音　在山的頂端吶喊
排灣族人的語言　以花瓣的韻律引領
愛人注定在此地相會　流動太陽的光輝

鼓聲震動百步蛇的木雕　世代的傳說
化做老鷹的時刻　風般盤旋千年的記憶
陶甕的陰陽必定成對　歌詠輪迴的重逢
古老的情歌　用族語譜寫蛇頭的顫音

步伐隨著夢的韻律　逐漸靠近你的心田
曾為你種下的百合　如今被日月孕育
親手編織的網　套在彼此的眼眶

花舌繼續吐出波動　呼喚你硫璃珠閃亮的名
那是祖先給予的命運　鑲在雕刻的圖騰
如果花的顫音　能解開花語的秘密
她會在山的顛峰　以吶喊的歌聲迴盪祖靈

## 四。萬物甦醒的時刻有如爵士變奏

萬物甦醒的時刻　有如精靈踮腳的足音
隨著夜的眼睛　一起躍動睡眠的夢境
前進的方向　足印寫下輕盈的痕跡

前往尋找的故鄉　那裡藏著原初的夢想
未曾開啟的宇宙信箱　引領夜晚奔放的想像
迴旋歌舞吧　每一個足印都留下指紋的訊息
唯有真誠的私語　韻腳串出和鳴的旋律

萬物甦醒的時刻　有如爵士變奏
每個輕重的節拍　模擬宇宙的律動
心跳的頻率　訴說著樂音節奏背後的秘密

精靈們的足跡相逢　在群山切割的島嶼海岸
福爾摩沙的讚嘆　從瞥見島嶼的行影開始
如今這座島嶼露出　晨曦的甘露

爵士的變奏回應　逐漸離去的蒼茫迷霧

## 五。情歌是精靈的天線

情歌是精靈的天線　俯瞰整片紅檜群林
每個皸裂的古老樹皮　寫著神靈的諭啟
檜香穿梭尖銳的鱗片葉　流淌歷史的扉頁

盤旋巨木上讚嘆　綿延的扁柏
更深的樹皮裂痕　圓形毬果像是海的鱗片
繼續滑翔　環繞蔓延的鐵杉雲杉與箭竹
擁抱種子披上薄翅的香衫　再凝視細緻的肖楠

情歌是精靈的天線　在樹傘保護的世界下
在昆蟲與花朵之間　在大自然每個眨眼之間
群樹訴說著光語　像人類一樣歌詠心跳的湧動

光語細微飄流　綿密穿越葉片的震顫
島嶼的群樹啊，住在你們身上的精靈
用俯瞰來傾聽葉片的語言　樹皮裂痕流出的歌聲
精靈知道　森林中的動物都臣服樹靈的指引

## 六。手中是否還握有鑰匙

山溪裡照見的容顏　不停晃動
迷惘的面貌　躲藏在流水背後
宇宙的鏡子　肉眼是否可以輕易看見

夢想跟個影子　實際踏上去才體會溫度
即使流淚　也想知道什麼刺痛了心
突來的風遮蔽了清晰的眼睛　留住好幾顆沙子
當腳步停下來　從天空看見迷失的自己

暴風打散了玫瑰的花瓣　從眼前飄過紅點
即使是精靈　也會在森林中接住天空的雨滴
是大地為自己哀傷　還是沈痛到靠宇宙訴說

尋找夢中的盒子　卻忘記為何站在這裡
精靈降落在地　失去老鷹眼神的銳利
想以日月的光芒　為樂音鑲上閃亮的寶石
要打開這個音樂盒子　手中是否還握有鑰匙

## 七。單純握住花瓣的華美

烏雲的天空同時降下　玫瑰的花瓣與葉片
精靈不停猶豫　如何同時擁有花和葉
玫瑰的華美　可否再次重現在波濤的海面

接住翠綠葉片　當成船渡到彼岸
握住火紅花瓣　聽到自己噗通的心跳
綠葉不會說話　只是靜靜下落
玫瑰熾熱地呼喊你我　在大海浮沉的名字

先靜心聆聽　大海樂音裡的節奏
想像森林裡的精靈　稍來了抉擇的信籤

僅僅撫摸心的律動　感受當下的呼吸

單純握住花瓣的華美　一雙專注的手
欣賞瓣片以平衡的迴旋　回應太陽的擁抱
隨著波浪起伏　忘記何時浪頭已經飄來
幽雅地接過葉片　即時渡到理想的彼岸

## 八。音樂精靈的獨白

那條我曾建過的道路　風箏到達的遠方
一定可以超越　風努力築出來的窗
綿延的路徑　灑著流過的淚與光

即使路已被風霜侵蝕　標示模糊
坑洞的路面　那麼容易跌倒
還是要親自再走一次　曾經鋪過的泥土
裡面埋藏自己名字的紙條　有天長成一棵樹

那首我曾唱過的情歌　音符抵達的彼方
一定可以穿越　心努力築出來的窗
回音的路徑　灑著流過的痛與傷

即使歌詞與旋律隨光陰腐蝕　似乎過時
含蓄壓抑的情感　那麼難以解讀
還是要親自再唱一次　充滿押韻的字詞
裡面藏著青春的愛戀　在不同時刻重新長出種籽

## 九。在冬季依然出現的螢火蟲

在愛的微光中　恐懼找不到陰影躲藏
悲傷將沉入　海石被沖刷的歲月
哭泣的鳥聲　被夏日的蟬鳴安撫

玫瑰需要帶刺　才能在美中滲入自由
靠近的精靈　被微顫的刺痛所驚懾
猶如靠近愛的微光　升起心中的刺點
音樂的光陰密網　串起每個片刻的光芒

當微光聚集　逐漸變成一束光環
幫助精靈抬頭仰望　清楚瞥見夜的松林

每個針葉　滲出漂動的光點

記住那種心跳的感覺　在靠近的時刻
請不要拒絕　任何一次要求的擁抱
手的溫度想像著重逢時　彼此的眼眸
出現一對　在冬季依然出現的螢火蟲

## 十。精靈許願，如果天籟降臨

如果天籟降臨　必然伴隨初心
一雙清澈的眼眸　傾聽流浪的貓狗
一對閃亮的耳朵　凝視內心的細語

鼻子朝向星空　擁吻銀河的永恆
嘴角拉出微笑　嗅聞體內的汗和垢
身體碰觸長滿皺紋的手　理解歲月不是嘲弄
腦海記住　每種初體驗時面容的困窘

如果天籟降臨　必然湧動初心
木琴的回音震動了　遠古至今的一棵樹
小提琴的弦　拉開了雲端的縫線

鋼琴的白鍵　模擬太陽無私的贈予
跟隨的黑鍵　是月亮潮汐的起落
推動長笛的舌頭　隨時掀起空氣的波動
鼓聲的頻率　接住天地降臨的神秘語咒

後記：詩的蹙音，在某個轉角處，與音樂相逢。鄧雨賢的歌，奠基台語音樂文化的底蘊，我竟然能與他在歷史的長廊裡相逢，身影閃出火光般的燦爛交會。這十首詩出現於長笛演奏家、台灣鄧雨賢音樂文化協會音樂總監華姵出版的《純粹》長笛演奏專輯裡。華姵以獨創的五輪脈吹奏法重新詮釋鄧雨賢之歌，而詩騰躍時空與十首演奏曲壯闊呼應：1. 序曲（望春風變奏）；2. 遨翔（月夜愁）；3. 邂逅（番社姑娘）；4. 盼望（春宵吟）；5. 嚮往（雨夜花）；6. 迷惘（南風謠）；7. 沉澱（碎心花）；8. 旅程（四季紅）；9. 曙光（望春風）；10. 純粹（華姵創作）。十首詩融合樂曲的內涵與我聽歌的感受，同時流淌出音樂精靈在森林裡找尋鄧雨賢遺落的潘朵拉盒之心靈寫真。十首詩組成的奇幻詩歌 < 如果，初心湧動 > 飛越台灣山川，俯瞰高山與大海，在每個歷史葉片的抖動中，映照鄧雨賢音樂被重新詮釋後湧動而閃爍的光芒。

# 江文瑜

江文瑜，從小構築文學創作的美夢，1998 年出版第一本詩集《男人的乳頭》，以前衛風格書寫身體，引起詩界廣泛討論，並獲陳秀喜詩獎。2000 年以〈阿媽的料理〉系列詩十首獲吳濁流文學獎之詩獎，並於 2001 年出版台灣女性生命史和台灣歷史互相交織、以食物譬喻貫串全書的詩集《阿媽的料理》。2010 年透過跨界合作，與翁倩玉的版畫搭配，出版詩畫合輯《合掌—翁倩玉版畫與江文瑜詩歌共舞》。2016 年的《佛陀在貓瞳裡種下玫瑰》詩集以龐大組詩串連宗教、心靈與愛的文學主題，詩的內容與形式為台灣詩界少見。2017 年的《女教授 / 教獸隨手記》再次以龐大組詩串成的三部曲，書寫教育現場和師生互動、女性生命史與夢的國度。除了詩集以外，江文瑜的詩多次被選入年度詩選、不同詩選集等。

近年來江文瑜亦開始書寫短篇小說，發表於《短篇小說》與《文學台灣》雜誌，並出版短篇小說集《和服肉身》。其中〈和服肉身〉獲選入《九歌 105 年小說選》。

江文瑜也致力於推廣詩閱讀與創作，曾多次在台灣大學開設通識課程「中英詩賞析」、經典人文學程的「經典詩的語言賞析」，也將英文詩的閱讀融入「大一英文」課程裡。其中，「中英詩賞析」曾獲選台灣大學通識教育之績優課程，江文瑜更兩度獲得「共通與服務性課程教學優良教師」。

江文瑜目前擔任台灣大學語言學研究所教授，一路從台灣大學外文系學士，德州大學奧斯汀分校碩士，至美國德拉瓦大學獲得語言學博士。曾長期合聘於台灣大學語言學研究所與外文系，2009 年 8

●作者大學時代攝於台灣大學的傅鐘下

月至 2012 年 7 月任台灣大學語言學研究所所長，2003 年赴美國哈佛大學語言學系與 2013 年赴日本京都大學言語科學講座擔任訪問學者。研究領域涵蓋譬喻理論、多媒介譬喻、情緒分析、聲音象徵、社會語言學、認知語言學、跨語言概念比較等。過去數年，英文學術論文刊於數種知名國際英文期刊。

江文瑜期許自己積極參與社會公共事務，曾擔任台北市女性權益促進會理事長，期間致力推動女性生命史 / 生活史的書寫，編有《阿媽的故事》、《消失中的台灣阿媽》、《阿母的故事》等女性生命史三部曲；也親自參與女性史書寫，以四年時間為台灣第一位留日女畫家陳進撰寫傳記文學作品《山地門之女—台灣第一位女畫家陳進和她的女弟子》。2000 年當選台灣第十八屆十大傑出女青年。

# 邱若龍

邱若龍於苗栗縣通霄鎮出生，1984年畢業於復興商工美工科，受漫畫家父親邱錫勳影響，走入漫畫之路。邱若龍長期關注原住民文化與歷史，創作與工作均與此相關，花費數年時間以「霧社事件」為背景創作，並完成描述台灣原住民抗日的漫畫《霧社事件》，1998年拍攝霧社事件的紀錄片《Gaya — 1930年的賽德克族與霧社事件》，2003年擔任電視劇《風中緋櫻》的美術指導。邱若龍之後擔任魏盛導演於2008年的劇情長片《海角七號》之歷史顧問，以及參與2011年史詩電影《賽德克．巴萊》的美術指導與顧問的工作。2011年《霧社事件》重新出版為《漫畫．巴萊—台灣第一部霧社事件歷史漫畫》，同年十月，該書奪得阿爾及利亞國際漫畫節國際競賽單行本組最佳圖畫獎。

此次邱若龍的插畫搭配江文瑜的詩作為兩人的第三次合作。之前邱若龍曾為江文瑜的時事評論集《有言有語》畫插畫，也與江文瑜、李筱峰、台灣e店合作，共同策劃以繪畫方式呈現二二八事件，於1997年出版《畫說二二八》。

佛陀在貓左瞳裡種下玫瑰
隨時澆灌滿盈的淚水，因喜悅悲傷的
昨日努力修剪眾多小花的誘惑干擾
今日便能欣賞更大主花的繁茂

詩人選粹 5

# 女教授／教獸隨手記

## 江文瑜詩集

作　　者：江文瑜
插　　圖：邱若龍
美術設計：許世賢
出 版 者：新世紀美學出版社
地　　址：台北市民族西路 76 巷 12 弄 10 號 1 樓
網　　站：www.dido-art.com
電　　話：02-28058657
郵政劃撥：50254486
戶　　名：天將神兵創意廣告有限公司
發行出品：天將神兵創意廣告有限公司
電　　話：02-28058657
地　　址：新北市淡水區沙崙路 25 巷 16 號 11 樓
網　　站：www.vitomagic.com
總 經 銷：旭昇圖書有限公司
電　　話：02-22451480
地　　址：新北市中和區中山路二段 352 號 2 樓
網　　站：www.ubooks.tw
初版日期：二〇一七年三月
定　　價：三六〇元

**國家圖書館出版品預行編目（CIP）資料**

女教授／教獸隨手記 ： 江文瑜詩集 ／ 江文瑜著／
-- 初版 . -- 臺北市 ： 新世紀美學， 2017.3
面 ； 公分 . --（詩人選粹 ； 5）
ISBN 978-986-94177-3-0（平裝）

851.486　　　　106002281